中共中央宣传部原副部长、中共中央精神文明建设指导委员会办公室原主任、中国文联党组原书记胡振民题贺

诗和典故

郑金辉◎编著

海峡出版发行集团 | 海峡文艺出版社

图书在版编目(CIP)数据

诗和典故/郑金辉编著.--福州：海峡文艺出版社，2021.12
ISBN 978-7-5550-2741-6

Ⅰ.①诗… Ⅱ.①郑… Ⅲ.①近体诗－诗集－中国－当代 Ⅳ.①I227

中国版本图书馆CIP数据核字(2021)第242464号

诗和典故

郑金辉　编著

责任编辑	余明建
出版发行	海峡文艺出版社
经　　销	福建新华发行(集团)有限责任公司
社　　址	福州市东水路76号14层
发 行 部	0591－87536797
印　　刷	福州万达印刷有限公司
厂　　址	福州市闽侯县荆溪镇徐家村166－1号厂房第三层
开　　本	700毫米×1000毫米　1/16
字　　数	320千字
印　　张	22　　　　　　　　　　插页　1
版　　次	2021年12月第1版
印　　次	2021年12月第1次印刷
书　　号	ISBN 978-7-5550-2741-6
定　　价	88.00元

如发现印装质量问题，请寄承印厂调换

前言

典故的运用在中国文化中有着悠久的传统。刘勰在《文心雕龙·事类篇》中即以"据事以类义，援古以证今"作了总结。历史上许多名家用典都有成功的例子，如杜甫《禹庙》诗"荒庭垂橘柚，古屋画龙蛇"，读之感受到用典的入化绝技。然而，用典须从学典开始，不知典事的来龙去脉，就不知典义何在。历史上的著名事件、名人轶事、民间故事以及神话传说等，经过文人提炼成了经典语言，使诗文增加不少韵味。《龙文鞭影》是一本成功的范例，用韵律之美为典故"谱曲"，同样，我们可以用诗律之声为典故"唱词"，从中感受典故之意味，再现典故之魅力。这正是我尝试创作典故诗的初衷。

我从浩如烟海的古籍中，花了几年的时间整理，精选出620多个典故，分成26类，以典故名目为诗题进行创作，通过实例来感受典故运用的灵活性，同时，也赋予典故新的内涵。我也参考陆尊梧先生主编的《新华典故词典》，对每个典故进行简编，可利用零碎时间来阅读。典源指出典故出处、内容简要，便于大家查对理解；典义只包括基本含意，是对典故内容进一步补充；典词是古代诗词中用过的词汇，对进

一步了解典故提法的多样性有很好的参考价值。值得一提的是，市面上的典名目录基本上都采用拼音字母或笔画顺序排列，想用某个方面的典故，有时很难直接查找，所以，本书另辟蹊径，根据典故的主要内容进行分类编排，供大家参考选用。

在编著过程中，得到中共中央宣传部原副部长、中共中央精神文明建设指导委员会办公室原主任、中国文联党组原书记胡振民先生题词勉励，为本书增色不少，在此致谢。

由于本人学识有限，诗文中难免出现错漏的地方，恳请广大读者批评指正，不胜感激！

郑金辉

2021 年 5 月 18 日于莆阳

目 录

(一) 神话

姮娥奔月/2　玉殿琼楼/2　三足乌/2　吴刚运斧/3　羲和驭日/3
蚁旋磨/4　冯 夷/4　伍员江潮/5　张骞乘槎/5　八月灵槎/6
支祁神锁/6　雷化龙梭/7　阳侯卷波/7　雷 车/8　飙车羽轮/8
李靖行雨/9　青女行秋/9　商羊喜雨/10　投壶天笑/10

(二) 气象

鹁鸪知雨/12　楚台风/12　飞 廉/13　丰 隆/13　鲲鹏变化/13
梁园赋雪/14　六鹢退飞/15　美人虹/15　扫雪烹茶/15　孙康勤苦/16
王恭鹤氅/16　五里雾/17　邹衍吹律/17　东君掌青律/18　满城风雨/18　尧陛祥蓂/19　赵 日/19　少 昊/20

(三) 植物

大夫松/22　东阁官梅/22　安期瓜枣/23　董奉杏林/23　苏仙橘井/23　萼绿华/24　方朔偷桃/24　海棠睡未足/25　陆凯寄梅/25　洛浦凌波/26　灵和蜀柳/26　千头木奴/27　前度刘郎/27　人柳三眠/28　铁网珊瑚/28　师雄月下/29　望梅止渴/29　武昌官柳/30　竹杖成龙/30

（四）动物

鹅笼吐纳/34　鹤收仙箭/34　瓠巴鼓瑟/35　鹤语尧年/35　华亭鹤唳/36　马惜障泥/36　能言鸟/37　齐宫怨女/37　琴高骑鲤/37　蜀王遗魄/38　滕王蛱蝶/38　越裳白雉/39　支公怜神骏/39

（五）人生

白驹过隙/42　杯弓蛇影/42　长卿多病/43　百钱挂杖/43　藏舟夜壑/44　车轮四角/44　尺璧分阴/44　大椿难老/45　电光石火/45　赤米白盐/46　黄鸡催晓/46　蟪蛄疑春秋/47　吉梦熊罴/47　柳生左肘/48　蘧瑗知非/48　生刍一束/49　天上玉楼/49　牛山下涕/50　潘岳二毛/51　观河面皱/51　彭殇寿夭/51

（六）体貌

沉鱼落雁/54　成吾宅相/54　乘龙佳婿/54　傅粉何郎/55　姑射仙姿/55　果掷潘河阳/56　楚国纤腰/56　莲花似六郎/57　嫫母/57　裙带留仙/58　寿阳公主额/58　王恭柳/59　眼如岩电/59　掌上舞/60　孙寿愁眉/60　独孤侧帽/61　孟嘉吹帽/61　沐猴而冠/62

（七）身份

八砖学士/64　公孙牧豕/64　弄玉吹箫/65　铜山流泉/65　韩嫣金丸/66　王谢乌衣/66　相马九方皋/67　珠履三千客/67　巫山神女/68　玉笋班/68　张禹堂深/69　坐无车公/69　林宗巾/70

（八）生活

清圣浊贤/72　从事督邮/72　稻粱谋/73　得一老兵/73　樊迟稼/73　奇肱飞车/74　流霞酒/74　陆贾分金/75　满斛进槟榔/75　郇公厨/76　扬子一区宅/76　蒸饼十字裂/77　庾信小园/77　仲蔚穷居/77　竹西歌吹/78　三间瓦屋/78　蜗牛庐/79

（九）风物

管城子/82　鹍鸡弦/82　米家书画舫/83　麹生风味/83　铁笛破龙睡/84　平泉树石/84　山鸡舞镜/85　一苇可航/85　烛龙衔光/85　湘灵鼓瑟/86　象罔得玄珠/86　黿鼉梁/87　玉东西/87　丰城龙剑/88

（十）婚姻

牵牛织女/90　朱陈嫁娶/90　乐昌破镜/91　白头吟/91　柏舟之誓/91　别鹤操/92　赤绳系足/92　汉皋解佩/93　汉皇思故剑/93　雀屏中选/94　投梭之拒/94　孤鸾镜里/95　韩凭恨魄/95　琴挑文君/96　望夫石/96　金屋藏娇/97　劳燕分飞/97　操春举案/98　秦嘉镜/99

（十一）亲族

东床坦腹/102　窦家丹桂/102　弓裘袭艺/103　马氏白眉/103　孟母迁邻/103　三珠树/104　姜肱之睦/104　蓼莪废讲/105　田家紫荆/105　椒花颂春/106　菽水承欢/106

诗和典故

（十二）友情

金兰之好/108　子猷访戴/108　班荆道故/109　半面之识/109
车笠盟/109　陈雷胶漆/110　风月思玄度/110　裹饭念子桑/111
陈蕃悬榻/111　倒屣延宾/112　范叔绨袍/112　管鲍之交/113
旧雨今雨/114　山阳邻笛/114　琼玖酬篇/114

（十三）情感

杞人忧天/118　爱屋及乌/118　敝帚千金/119　登车揽辔/119
呫呫书空/119　风声鹤唳/120　藁砧刀头/120　公田种秫/121
河梁携手/121　黄雀衔环/122　金谷堕楼人/122　骊歌促别/123
李斯忆黄犬/123　令公怒喜/124　鲁戈回日/124　埋忧无地/125
送君南浦/125　白云亲舍/126　班姬题扇/126　包胥哭秦庭/127
髀里肉生/127　东风马耳/128　鸿飞冥冥/128　宋玉悲秋/128
荣公三乐/129　陶琴不须弦/129　濠上观鱼/130

（十四）道德

拔薤威名/132　班姬辞辇/132　抱关萧生/133　不饮盗泉/133
沧浪濯缨/133　姹女数钱/134　胡椒八百斛/134　苌弘化碧/135
悬鱼太守/135　大树将军/136　斗酒彘肩/136　翻云覆雨/137
风树之叹/137　官蛙晋惠/138　龟回印转/138　挥锄幼安/139
结袜王生/139　婕妤当前/140　辽豕白头/140　蒙子公力/141
四知金/141　脱屣/141　尾生抱柱/142　室无长物/142　舜舞干羽/143

4

(十五) 行为

黄耳传书/146　拔山扛鼎/146　高屋建瓴/146　爱礼存羊/147
安仁拜尘/147　猜意鹓雏/148　楚弓人得/148　椎飞博浪/149
大笑绝缨/149　窥天戴盆/150　得鱼忘筌/150　东阁延宾/151
芳兰当门/151　负荆请罪/151　复陂谣/152　含沙射影/153
汉阴抱瓮/153　鸡口牛后/154　计然之策/154　季子高风/154
济河焚舟/155　剑首一映/155　狡兔三窟/156　荆歌易水/156
惊弓之鸟/157　九鼎铸神奸/157　绝交书/158　钧天广乐/158
开口笑/159　糠秕在前/159　孔席无暖/159　扣舷歌/160　枯鱼过河泣/160　狂奴故态/161　蓝田种玉/161　懒残分芋/162
烂蒸拗项/162　离娄至明/163　醴为穆生/163　两部鼓吹/164
临川羡鱼/164　刘伶荷锸/165　刘阮二郎/165　流民郑侠图/166
六州铸错/166　鲁连解围/166　卖卢龙塞/167　梦游华胥/167
祢衡刺/168　墨子悲丝/168　南柯一梦/169　南辕北辙/169
千斛米/170　千万买邻/170　蕉鹿梦/171　青蝇白璧/171　卿言复佳/172　求田问舍/172　曲突徙薪/173　屈轶可指/173　阮籍青白眼/173　桑下三宿/174　扫门求见/174　山翁倒载/175
守株待兔/175　束缊乞火/176　随珠弹雀/176　螳臂当车/177
陶公运甓/177　铁门限/178　同舟敌国/178　卫鹤轩冕/178
网开三面/179　瓮间毕卓/179　我醉欲眠/180　卧榻人争睡/180
吴门白马/181　吴牛喘月/181　吴下阿蒙/181　献凤楚门/182
向平婚嫁/182　雄鸡惮牺/183　绣文倚市/183　荀生得御/184
雅歌投壶/184　燕然勒铭/185　燕昭市骏/185　颜公乞米书/186
雁默先烹/186　野鹜家鸡/186　蝇求附骥/187　郢书燕说/187
鹬蚌相争/188　袁安卧雪/188　月旦评/189　臧穀亡羊/189

炙手可热/190　　危同累卵/190　　楚狂接舆/190　　英雄入彀/191
春服舞雩/191　　章台走马/192　　分光邻女/192

（十六）才智

夏虫疑冰/196　　辩口谈天/196　　轮扁斫轮/196　　不龟手药/197
陈平宰社/197　　赐墙及肩/198　　道韫诗丽/198　　绠短汲深/199
沟中木断/199　　河东三箧/200　　画饼充饥/200　　画虎类狗/200
疾雷破柱/201　　冀北群空/201　　井底之蛙/202　　柯亭奇竹/202
刻烛赋诗/203　　凌云健笔/203　　陆海潘江/203　　扪虱雄谈/204
南郭吹竽/204　　牛铎有宫商/205　　牛渚高咏/205　　弄獐贻笑/206
披云睹青天/206　破贼折屐/207　　麒麟楦/207　　　器忝南金/208
黔驴之技/208　　墙面而立/208　　青钱万选/209　　清谈挥麈/209
虱处裈中/210　　屠龙破产/210　　五凤楼/211　　　小时了了/211
谢庭兰玉/212　　管窥蠡测/212

（十七）教育

聚萤照书/214　　孔鲤趋庭/214　　马融绛帐/215　　龙虎榜/215
牛角挂书/215　　太乙燃藜/216　　熊胆课儿/216　　遗子一经/217
带经耘锄/217　　董生下帷/218　　伏生藏壁/218　　槐花黄举子忙/218
师门立雪/219　　一傅众咻/219　　载酒问字/220　　凿壁偷光/220
韦编三绝/221　　高凤麦流/221　　磨穿铁砚/222

（十八）文化

高山流水/224　　书种/224　　　　羯鼓唤花/225　　孔壁遗经/225　　南
面百城/226　　周郎顾曲/226　　伶伦凤律/226　　歌动梁尘/227　　桓
玄寒具油/227　　黄庭换鹅/228　　句好鸡林/228　　南楼高兴/229

霓裳羽衣曲/229　弃书捐剑/230　三坟五典/230　窗中谈鸡/231

（十九）写作

一字千金/234　八咏楼/234　楯鼻磨墨/234　郊寒岛瘦/235
贾岛佛/235　穷愁著书/236　李贺锦囊/236　写遍芭蕉/237
灞桥诗思/237　长康三绝/237　雕肝琢肾/238　东涂西抹/238
汉上题襟/239　翰林风月/239　将军竞病/240　洛阳纸贵/240
三纸无驴/241　吴带曹衣/241　谢安吟/241　掷地金声/242
冰柱雪车/242　晒腹中书/243　獭祭鱼/243

（二十）佛道

白马驮经/246　丰干骑虎/246　龙听夜讲/246　子乔笙鹤/247
金华牧羊/247　斧柯烂/248　壶中天地/248　虎闻讲法/249　鸡
犬飞升/249　嵇康羡王烈/250　橘内仙翁/250　麻姑搔背/251
木羊随葛由/251

（二十一）仕宦

蔡泽栖迟/254　名覆金瓯/254　广平风度/255　政成驯雉/255
史鱼秉直/256　治境无虎/256　京洛风尘/257　堕泪碑/257
碧纱笼句/258　丙吉问牛/258　苍鹰乳虎/259　纮鼓留公/259
董宣强项/259　负弩前驱/260　甘棠遗爱/260　公孙布被/261
合浦还珠/261　及瓜而代/262　汲黯卧理/262　借寇恂/263
官滥羊头/263　立仗马/264　柳惠直道/264　路鬼揶揄/264
绿野堂/265　马不入厩/265　卖剑买牛/266　明珠换绿珠/266
幕府红莲/267　鲇鱼上竹竿/267　蒲鞭之政/268　褰帷广听/268
秦镜照胆/268　三刀入梦/269　单父鸣琴/269　尚方请剑/270

五袴歌/270　悬车告老/271　有脚阳春/271　有蟹无监/272　幼舆丘壑/272　鵷班鹭序/272　终南捷径/273　骑曹不记马/273

(二十二) 君王

秦皇鞭山/276　闻韶忘味/276　金莲花炬/276　歌舜薰风/277
褒女惑周/277　成王剪桐/278　焚书坑儒/278　凤鸣朝阳/279
黄河逢清日/279　黄金台/280　锦缆龙舟/280　梦得傅说/281
烹小鲜/281　集囊为帷/281　周王避债台/282　白龙鱼服/282
辞根秋蓬/283　击壤尧年/283　鲁殿灵光/284

(二十三) 境遇

海鸟悲钟鼓/286　琴得焦桐/286　漆身吞炭/287　妻嫂笑苏秦/287
蓑斐暗成/287　殃及池鱼/288　胯下之辱/288　张融岸舟/289
白发郎潜/289　谤书盈箧/290　杯坳浮芥/290　病卧牛衣/291
伯龙鬼笑/291　参元失火/292　长门买赋/292　床头周易/293
箪瓢陋巷/293　苜蓿盘/294　跕鸢堕水/294　东海孝妇/295
牍背千金/295　冯谖弹铗/295　冯唐已老/296　覆巢破卵/296
庚癸之呼/297　和氏之璧/297　涸辙之鲋/298　槐树衰/298
荒台麋鹿/299　积毁销骨/299　家徒四壁/300　刻舟求剑/300
买臣负薪/301　矛头淅米/301　眉间黄色/302　门可罗雀/302
铜狄摩挲/302　囊空羞涩/303　尼父叹逝川/303　齐门挟瑟/304
塞翁失马/304　神州陆沉/305　竖子成名/305　死灰复燃/306
铜驼荆棘/306　王尊叱驭/306　望门投止/307　乌白马角/307
扬雄投阁/308　杨朱泣歧/308　李广数奇/309

(二十四) 隐逸

鹿门采药/312　　良田二顷/312　　持螯把酒/313　　莼羹鲈脍/313
二疏辞汉/313　　范蠡扁舟/314　　挂冠归里/314　　海上逢鸥/315
君平卖卜/315　　买山隐/316　　　梅妻鹤子/316　　南山雾豹/317
山中宰相/317　　菟裘归计/318　　心悬魏阙/318　　巢父安巢/318
从赤松游/319　　东皋耕犁/319　　北山猿鹤/320　　陶令三径/320

(二十五) 军事

昆明劫灰/324　　百二秦关/324　　苍鹅出地/324　　长平失势/325
赤白囊/325　　　摧敌先鸣/326　　积甲齐熊耳/326　龙蛇起陆/327
马陵书树/327　　马援铜柱/328　　投笔从戎/328　　投鞭断流/328
王会图/329　　　亚夫细柳营/329　越王轼蛙/330

(二十六) 其他

食蔗从梢/332　　狗尾续貂/332　　唇亡齿寒/332　　凫短鹤长/333
恒河沙数/333　　刻画无盐/334　　满床堆笏/334　　凿开浑沌/335
熊鱼岂得兼/335　风马牛/335　　　造化小儿/336　　蒹葭倚玉树/336

一、神话

天妃神境界,海上抚风波。

姮娥奔月

千秋赏月言难尽,各路神仙问羿妻。
只悔青天玉宫冷,劝君不慕入烟霓。

【典源】出自《太平御览》卷四引汉·张衡《灵宪》曰:"羿请不死药于西王母,羿妻姮娥窃以奔月,托身于月,是为蟾蜍。"《淮南子·览冥训》《搜神记》等书也有类似记载。

【典义】指月亮、仙女;常用于对月亮的联想等。

【典词】奔空嫦娥、常娥奔月、嫦娥窃药、奔月、素娥、月娥、窃药、偷药、姮娥、嫦娥、常娥等。

玉殿琼楼

凡间向往琼楼景,孰可乘槎寻见居?
玉宇从来寒不胜,风吹冷落一场墟。

【典源】出自唐·段成式《酉阳杂俎》卷二:翟乾祐与弟子玩月,问:"此中竟何有?"又笑曰:"可随吾指观。"弟子们见月半天,琼楼金阙满焉,数息间不复见。

【典义】形容月亮;指仙景等。

【典词】琼宫、琼楼、琼楼玉宇、琼楼金阙、玉殿琼楼等。

三足乌

长空浩浩耀光明,热洒人间万物生。

欲问何神从见德，金乌三足在天行。

【典源】出自《太平御览》引张衡《灵宪》曰："日，阳精之宗，积而成乌，乌有三趾，阳之类数奇。"《淮南子·精神训》《艺文类聚》等书也有类似记载。

【典义】借指太阳。

【典词】赤乌、金乌、踆乌、日乌、阳乌、金乌三蹜、金鸦等。

吴刚运斧

气象轮回奇妙见，寻常冷热月无关。
吴刚斫桂情难了，才觉秋寒在此间。

【典源】出自唐·段成式《酉阳杂俎·天咫》：旧言月中有桂，高五百丈，上帝为处罚吴刚，命他砍树，但树创随合，总也砍不断。

【典义】借指月亮、桂树等。

【典词】蟾宫树、桂魄、吴刚斧、吴刚挥斧、吴生玉斧、月中斫桂、斫桂、吴刚粉月等。

羲和驭日

朝阳初上莽光辉，入暮羲车驭日归。
早晚如能同异彩，人间无限赏芳菲。

【典源】出自《山海经·大荒南经》云：羲和者，帝俊之妻，生十（个）日，浴日于甘渊。《淮南子》又云，日乘车驾以六龙，羲和御之，由东而西运行，日至此而薄于虞渊，谓黄昏，便停车，羲和至此而回六螭。神话中羲和由日母演变为日御。

【典义】指太阳；形容太阳运行，光阴流转。

【典词】鞭日、回日驭、六龙、六螭、六龙回日、日龙、日驭、羲和、羲和驾、羲车等。

蚁旋磨

日月天行似推磨，东升西落自轮回。
宏规玉宇且如此，何怪微生蚁旋堆。

【典源】出自《艺文类聚》引《抱朴子》云："天旁转，如推磨而左行，日月右行，随天右转，故日月实东行，而天牵之以西没。譬之于蚁行磨之上，磨左旋而蚁右去，磨疾而蚁迟，故不得不随磨左回焉。"

【典义】指随世沉浮；也指日月运行。

【典词】磨边旋蚁、磨蚁、磨蚁旋、如蚁磨上旋、行磨周天、蚁空旋磨、蚁循磨等。

冯　夷

造化溪流往低处，终归大海不回头。

无须埋怨潮声落，就算冯夷也苦酬。

【典源】出自《庄子·大宗师》云："冯夷得之，以游大川。"《山海经·海内北经》又云："从极之渊，深三百仞，维冰夷恒都焉。冰夷人面，乘两龙。"

【典义】指古代传说中的水神、河神；借指江水、河水等。

【典词】冰夷、河伯、河冯、无夷等。

伍员江潮

伍员过后连文种，皆是谗言使日昏。
任许狂风兴恶浪，江涛鼓怒必声冤。

【典源】出自《吴越春秋·夫差内传》云：吴王赐伍子胥剑，遂伏剑死。吴王乃取子胥尸，投之于江中，子胥因随流扬波，依潮来往，荡激崩岸。《吴越春秋·勾践伐吴外传》又云：越王葬文种七年后，被子胥接到海上，潮前潮后翻浪前行。传说有人见到子胥在潮头乘坐着白车白马。

【典义】形容汹涌的江河波涛，表达悲愤之情。

【典词】白马怒涛、白马素车、乘潮、寒潮泣子胥、灵胥、伍胥涛等。

张骞乘槎

人生道路天涯远，到老还须迈步行。

博学从来无止境，乘槎才认石机声。

【典源】出自《荆楚岁时记》云：汉武帝令张骞（封博望侯）使大夏，寻河源，乘槎经月，而至一处，见一女织，又见一丈夫牵牛饮河，织女取支机石与骞还。示东方朔，朔曰：此石是天上织女支机石。

【典义】形容路途遥远或出使远行；咏黄河、石等。

【典词】博望乘槎、槎泛支机、槎上张骞、乘槎使、汉槎、流槎、仙石支机、支机石等。

八月灵槎

海客乘槎八月来，牛星惊喜郭门开。
殷勤聊问人间事，仙慕凡夫得路回。

【典源】出自张华《博物志》卷十：旧说云，天河与海通。近世有人居海渚者，年年八月有浮槎，去来不失期，十余日中，犹观星月日辰，自后芒芒忽忽，亦不觉昼夜……

【典义】形容乘船远航或上天遨游。

【典词】八月槎、查客、槎犯斗、槎浮银汉、乘槎、斗边槎、泛槎、犯斗槎、泛月槎、浮槎、挂星槎、贯月海槎、海槎、客槎、灵槎、牛斗槎等。

支祁神锁

大千世界多奇怪，一拉支祁恶水流。

应敬自然如拜佛,无灾无难最期求。

【典源】出自《太平广记》:时有渔人,夜钓于龟山之下,其钓因物所制,不复出,渔者沉下,见大铁镤,后以牛五十余头拉上岸,时无风涛,却惊浪翻涌,观者大骇。……大禹治水,也曾获淮涡水神,名无支祁,形状就像猿猴。
【典义】指神怪事;形容风浪、水患、治水等。
【典词】川锁支祁、淮涡神、锁支祁、潭底猕猴、无支祁、支祁神锁等。

雷化龙梭

金子发光无择处,龙梭挂壁也飞天。
生来才士将堪用,何必愁眉看眼前。

【典源】出自刘敬叔《异苑》:陶侃网捞一只织布梭,带回家挂在墙上,不久雷雨,织梭化龙飞上天。
【典义】形容神物迟早都会变化,贤者才士会应时而起。
【典词】挂壁梭飞、雷化龙梭、龙梭、龙腾梭、陶氏梭等。

阳侯卷波

正值新春犬吠年,惊闻南海卷波烟。
潮平本可安心渡,谁使阳侯浪拍天?

【典源】出自屈原《九章·哀郢》:"凌阳侯之泛滥兮,忽翱翔之焉薄。"王逸注:阳侯,大波之神。

【典义】指水神、风浪、大水等。

【典词】波神、鼓波阳侯、阳侯、阳侯奔骛、阳侯波等。

雷 车

今秋老虎趋炎势,草木焦愁未见云。
天上如能怜苦处,雷车推出雨殷勤。

【典源】出自晋·陶潜《搜神后记》卷五:有个姓周的人骑马赶路,中途天晚,见一年轻的女子,求寄宿夜。到夜一更时,听童儿叫阿香去推雷车,当晚下起雷雨。

【典义】指雷、雷雨等。

【典词】阿香、阿香车、阿香雷、阿香推车等。

飙车羽轮

无风不见神仙出,世上飙车凭势乘。
本领从来难语尽,孤身独往事何兴?

【典源】出自汉·桓驎《西王母传》:"昆仑之圃,阆风之苑,有城千里,玉楼十二。……其山之下弱水九重,洪涛万丈,非飙车羽轮不可到也。"

【典义】形容神仙驾车出游,飙车迅速。

【典词】飙车、飙车电毂、飙羽、飙轮、飙驭等。

李靖行雨

李靖唐时求雨下,今朝宝岛也流行。
民生若在官心里,上帝自然雷打鸣。

【典源】出自唐·李复言《续玄怪录》卷四:卫国公李靖,在霍山打猎,因阴暗迷路,见一朱门大第,原来此处乃龙宫也。听夫人说,接到天符,要去行雨,家中二男都不在,请求李靖代去……夫人教他,备青骢马和取雨器,乃小瓶子,系于鞍前,乘马上天,随着马所刨,就一滴一滴洒在马鬃上,滴多了反而雨量过大。

【典义】形容下雨或行雨。

【典词】马鬃一滴、倾倒瓶中雨、天瓢翻、天瓢水、雨瓢翻等。

青女行秋

青霄玉女弄霜寒,独马行空自作鞍。
不管苍生祈日出,凄凄草木冻身残。

【典源】出自《淮南子·天文训》:"至秋三月,地气不藏,乃收其杀。百虫蛰伏,静居闭户。青女乃出,以降霜雪。"东汉·高诱注:"青女,天神,青霄玉女,主霜雪也。"

【典义】形容下霜降雪。

【典词】飞霜青女、履霜青女、青娥供霜、青女、青腰、青娥、神女青腰等。

诗和典故

商羊喜雨

近日乌云满岳飘,商羊好像舞摩霄。
高天不识何缘故,大雨成灾觉事跷。

【典源】出自《孔子家语·辨政》:一足鸟止于殿前,齐侯怪之,使者问孔子,孔曰:此鸟名曰商羊,水祥也。且谣曰:天将大雨,商羊鼓舞。

【典义】借指下雨或大雨成灾。

【典词】商羊、商羊独足、商羊识雨、商羊舞、商羊舞野庭、庭商惊舞等。

投壶天笑

少小无知雷打鸣,流光四射八方惊。
原来天笑仙家事,上帝眉开动地倾。

【典源】出自《太平御览》引《神异传》曰:"东王公与玉女投壶,误而不接,天为之笑,开口流光,今电是也。"汉·东方朔《神异经·东荒经》亦载。

【典义】借指雷电;形容仙家生活。

【典词】电光开、电笑、流电、青天笑、神女电、天回电笑、投玉女壶、笑电等。

二、气象

指点夕阳下，气象也千姿。

鹁鸠知雨

鹁鸠夫妇识天风，出入阴晴各不同。
莫笑争巢催雨落，人间也有效鸠雄。

【典源】出自《毛诗草木鸟兽虫鱼疏》卷下：每当阴雨天，雄鹁鸠即将雌鹁鸠赶出窝，天晴了呼它回来。语曰："天将雨，鸠逐妇是也。"

【典义】形容雨天或晴天。

【典词】鹁鸠唤雨、呼雌鸠、唤妇鸠、唤雨鸠、鸠妇喜、鸠妇哭、鸠呼妇、鸠语、鸠逐妇等。

楚台风

气象情形千万种，兰台更有楚王风。
若能吹绿荒田地，草木何愁苦热中。

【典源】出自宋玉《风赋》：楚襄王游于兰台之宫，有风飒然而至，王披襟而当之，曰："快哉此风，寡人所与庶人共者邪？"宋玉对曰：此独大王之风耳，庶人安得而共之。……此所谓大王之雄风也。

【典义】指清凉舒爽的风。

【典词】楚王风、楚雄风、大王雄风、风入大王、拂大王、快哉风、披襟楚风、披襟兰台、宋玉风等。

飞 廉

不知昨晚何天象，一夜桃花遍地开。
也许东君来视察，飞廉变暖已春回。

【典源】出自屈原《离骚》："前望舒使先驱兮，后飞廉使奔属。"汉·王逸注：飞廉，风伯也。《吕氏春秋》：风师曰飞廉。
【典义】借指风。
【典词】蜚廉、风伯、风师等。

丰 隆

山川久旱冬风里，草木焦黄苦不堪。
若是丰隆提早出，青芳绿意胜江南。

【典源】出自屈原《离骚》："吾令丰隆乘云兮，求宓妃之所在。"汉·王逸注：丰隆，云师，雷师。《淮南子·天文训》曰：季春三月，丰隆乃出，以将其雨。汉·高诱注：丰隆，雷也。
【典义】借指雷云。
【典词】丰隆奋椎、丰隆洒雪等。

鲲鹏变化

庄生从古说南池，谁见鲲鹏变化时。

要是无风凭借力，如何比雀远天涯？

【典源】出自《庄子·逍遥游》云：北冥有鱼，其名为鲲。鲲之大，不知其几千里也，化而为鸟，其名为鹏。鹏之背，不知其几千里也；飞翼若垂天，扶摇九万里。准备冲向高空飞向南海时，蝉、小鸟、鹦雀都来嘲笑它，称之何必如此。

【典义】形容宏伟气象；以"鲲鹏"借指胸怀大志，前程远大之人。

【典词】北溟鱼、尺鹦乐、斥鹦蓬蒿、垂天翼、垂天之云、风鹏、大鹏、海鸟运天池等。

梁园赋雪

每逢盛事文人聚，载舞欢歌颂沐恩。
钝舌无才忧下雪，梁园请赋更难言。

【典源】出自《史记·梁孝王世家》云：汉代梁孝王刘武，筑东苑，也称梁园、梁苑、兔园、兔苑。方三百余里，揽四方客游赏吟咏，忽下雪，梁王不禁即兴吟诵，召邹生、延枚叟、司马相如居客之右，命作赋雪。

【典义】咏雪；形容文人才士雅聚吟咏。

【典词】赋枚、赋雪、高会梁园、梁王兔苑、梁园、梁园赋雪、梁苑游、兔苑宾等。

六鹢退飞

九宇天寒气象归,经霜遇雨感身微。
苍茫云路沉浮事,时有风高鹢退飞。

【典源】出自《春秋·僖公十六年》:春秋僖公十六年春,有六只鹢退飞过宋都。晋·杜预注:鹢,水鸟,高飞遇风而退,宋人以为灾,告于诸侯,故书。
【典义】指风,多指逆风;表达人生失意,身处逆境。
【典词】风六鹢、风鹢、风中鹢、倦鹢无风、宋都风等。

美人虹

雨后山间青欲滴,迷蒙雾气十分轻。
薄纱似透风光色,原是美人天上行。

【典源】出自南朝宋·刘敬叔《异苑》卷一:古者有夫妻,荒年菜食而死,俱化青绛,故俗呼美人虹。郭璞云:虹为雩,俗呼为美人。
【典义】指彩虹。
【典词】虹共美人归、还共美人沉、魂变成虹、美人化奔虹等。

扫雪烹茶

正值严冬水冻天,民工汗浃泪花悬。

不知多少穷家苦，富贵烹茶雪作泉。

【典源】出自宋·皇都风月主人《绿窗新话》引《湘江近事》：陶榖学士，尝买党太尉家故妓。陶取雪水烹团茶，谓妓曰：党太尉家应不识此？妓曰：彼粗人也，安有此景，但能销金暖帐下，浅斟低唱，饮羊羔美酒耳。榖愧其言。

【典义】描写雪景；或写富贵人家的冬天生活。

【典词】曾陪太尉、党姬茶、党家人、学士雪、浅斟低唱、销金帐等。

孙康勤苦

丁酉冬春殊气象，吾乡素裹雪飘家。
孙生若在西窗处，定借银光咏月华。

【典源】出自《孙氏世录》：孙康家贫，常映雪读书，清介，交游不杂。《宋齐语》《南史·范云传》亦载。

【典义】借以咏雪；形容贫士勤奋苦读。

【典词】窗雪、回照读书人、孙案、孙室、雪案、雪光映纸、映书志业、映素雪等。

王恭鹤氅

穿衣保暖凡人事，不究何如合景宜。
若见王恭披鹤氅，天寒地冻雪飘时。

【典源】出自《世说新语·企羡》：孟昶未达时，家在京口，尝见王恭乘高舆，被鹤氅裘。于时微雪，昶于篱间窥之，叹曰：此真神仙中人！

【典义】咏雪；形容穿衣打扮入时。

【典词】鹤氅神仙、鹤氅寻王、披氅神仙、披鹤氅、王恭氅，王恭入雪等。

五里雾

三里风云五里烟，茫茫一派锁晴天。
人间若是皆施雾，不识青山不识川。

【典源】出自三国吴·谢承《后汉书》曰：河南张楷（字公超），性好道术，能作五里雾。时关西人裴优，亦能作三里雾，自以不如楷，往从学之。《后汉书·张楷列传》亦载。

【典义】形容雾；咏道术事。

【典词】公超旧谷、公超雾、华阴学雾、三里雾、五里雾、五里仙雾、雾迷三里等。

邹衍吹律

眼下农耕苦风雪，天寒地冻盼春回。
邹生要是来吹律，谷物甘丰邀月杯。

【典源】出自汉·刘向《别录》：邹子在燕，燕有黍谷，地

美天寒，不出五谷。邹子居之，吹律而温气至，今名黍谷地。《论衡·寒温篇》亦载。

【典义】指天气回暖；形容人受到关怀。

【典词】吹律暄、寒谷、鸣律、寒甚谷难吹、暖律、黍谷宁可吹、燕谷暖、邹律等。

东君掌青律

冬风吹尽霜天雪，青帝行春万物生。
古训年初当有计，何愁草木不繁荣。

【典源】出自《尚书纬》：春为东皇，又为青帝。《楚辞·离骚》：溘吾游此春宫兮。汉·王逸注：春宫，东方青帝舍也。《淮南子·天文训》：东方木也，其帝太皞，其佐句芒，执规治春。

【典义】借指春天、春光。

【典词】春帝、春皇、东帝、东皇、东君、青皇、青帝、太乙东皇等。

满城风雨

重阳本想登山赋，风雨满城心索然。
杖倚东篱边上坐，诗情待菊复开年。

【典源】出自惠洪《冷斋夜话》：宋代潘大临工诗，多佳句，然甚贫。临川谢无逸以书问有新作否，潘答书曰：秋来景物，件件是佳句。昨日闲卧，闻林间风雨声大作，欣然起，题其壁曰："满城风雨近重阳"，忽催租人至，遂败意。止此一句奉寄。

【典义】形容秋天景物；指因俗事相扰而诗兴索然。

【典词】败兴催租吏、催租断句、翻喜吏征租、潘郎句、读兴败催租等。

尧陛祥蓂

当朝盛世笙歌起，我数阶蓂日历翻。
雨露阳光享难尽，何愁草木不昌繁。

【典源】出自《帝王世纪》云：唐尧时，有草夹阶而生，随月生死，王者以是占日月之数。惟盛德之君，应和而生，故尧有之。名曰蓂荚。《竹书纪年》有载：每月初始，一日生一荚，至月半生十五荚，十六日后，一日落一荚，月末落尽。名曰历荚。

【典义】借指日历、时光。

【典词】阶蓂、历草、蓂阶、蓂历、蓂荚、蓂叶、瑞荚、仙蓂、月蓂等。

赵　日

四季阳光自不同，神司冬夏各分工。
人间风物多姿色，垂爱何辉看取中。

【典源】出自《左传·文公七年》：酆舒问于贾季曰，赵衰、赵盾孰贤？对曰，赵衰，冬日之日也。赵盾，夏日之日也。晋·杜预注：冬日可爱，夏日可畏。

【典义】形容冬日温暖可爱，夏日炎热可畏。

【典词】爱日、冬爱、冬日之爱、冬日之温、夏日可畏、爱景等。

少 昊

少昊行秋断青色，东君造化绿山归。
诸神按节分工细，才有人间草木肥。

【典源】出自《淮南子·天文训》：西方金也，其帝少昊，其佐蓐收，执矩而治秋。《礼记·月令》亦载。

【典义】借指秋天或西方。

【典词】金神、蓐收等。

三、植物

瑶朵开银色,清光入影浑。

大夫松

松生僻处无人顾,道上秦封拜大夫。
地利天时皆具备,何忧杂木没前途。

【典源】出自《史记·秦始皇本纪》:始皇乃遂上泰山立石,封,祠祀,下,风雨暴至,休于树下,因封其树为五大夫。汉·应劭《汉官仪》亦载:……赖得松树,因复其道,封为大夫松也。

【典义】咏松树;咏泰山典事。

【典词】大夫封、大夫树、大夫松、封松、秦封大夫、五树松、松作大夫等。

东阁官梅

当下诗人学咏梅,吟成不及逊郎才。
若无见寄红尘事,滥调陈词岂作媒。

【典源】出自南朝梁·何逊《扬州法曹梅花盛开》诗:……应知早飘落,故逐上春来。注曰:逊为建安王水曹,王刺扬州,逊廨舍有梅花一株,日咏其下,赋诗云云。杜甫《和裴迪登蜀州东亭送客逢早梅相忆见寄》诗:"东阁官梅动诗兴,还如何逊在扬州……"

【典义】咏梅花。

【典词】东阁诗兴、官阁多梅、何逊东阁、何郎花、何逊梅花、何逊守扬州等。

安期瓜枣

深山往往含仙境,异果奇生更化神。
若是安期无巨枣,何来治病见回春。

【典源】出自《史记·封禅书》及《汉武内传》。李少君言上曰:臣尝游海上,见安期生,安期生食巨枣,大如瓜。
【典义】指仙果、奇果;咏仙事。
【典词】安期瓜、安期枣、啖枣仙伯、得枣如瓜、枣如瓜等。

董奉杏林

神仙总爱人间事,治病从来无计盈。
尽管高风不同向,杏林橘井各成名。

【典源】出自晋·葛洪《神仙传》卷六。董奉居山不种田,日为人治病,亦不收钱。令愈者种杏,计得十万余株。然示时人曰,送谷买杏,林中老虎监管。旋以赈救贫乏,供给行旅不逮者。
【典义】咏杏;咏仙家治病之事。
【典词】董来收货杏、董杏、杏林、种杏、种杏仙人等。

苏仙橘井

妙治神医天道德,扶伤救死古来由。

今朝一病全家苦，真想苏仙橘井留。

【典源】出自葛洪《神仙传》。苏仙公者，桂阳人也，汉文帝时得道。成仙时，跪母拜辞，指出庭中井水，檐边橘树，井水一升，橘叶一枚，可疗一人。来年疾疫，远近悉求母治疗，无不愈者。

【典义】形容治病或医药。

【典词】橘边丹井、橘井、橘泉、苏耽井等。

萼绿华

山川草木多姿色，偏爱梅花万语吟。
也许芳菲带仙故，千秋不败总金音。

【典源】出自南朝梁·陶弘景《真诰·运象篇》。萼绿华者，女仙也，年可二十许，上下青衣，颜色绝整。有日夜降于羊权家，自云是南山人，不知何仙也。

【典义】咏花、梅花；也指仙女。

【典词】萼华、萼绿、萼绿过羊家、萼绿仙人、萼绿仙姿等。

方朔偷桃

当年武帝留夭采，王母娘娘笑里嗔。
方朔偷桃千古恨，如今遍地尽芳春。

【典源】出自张华《博物志》卷八。王母索七桃,以五枚于帝,母食二枚。东方朔窃从殿南厢朱鸟窗中窥母,母顾之曰:此小儿尝三来,盗吾此桃。由此世人谓东方朔为神仙也。

【典义】咏桃;形容仙家之事。

【典词】汉偷儿、窥阿母、窃桃心、三度偷桃、三度王母桃、朔去偷桃、偷桃、偷桃一小儿等。

海棠睡未足

人面桃华曾比拟,海棠妃子睡同姿。
凡间赞美千千色,许女如花总适宜。

【典源】出自《太真外传》。上皇登沉香亭,诏太真妃子(杨贵妃)。妃子时卯醉未醒,命力士从侍儿扶掖而至。妃子醉颜残妆,不能再拜。上皇笑曰:岂是妃子醉,真海棠睡未足耳。

【典义】咏海棠;形容女子睡态。

【典词】妃子睡、海棠半醉、海棠梦、海棠睡、好花如睡、太真妃初睡等。

陆凯寄梅

昔日相思传信物,梅花一寄冠群芳。
当今问讯虽先进,不及故人情意长。

【典源】出自南朝宋·盛弘之《荆州记》。陆凯与范晔相

善，自江南寄梅花一枝，诣长安与晔，并赠花诗云：折花逢驿使，寄与陇头人。江南无所有，聊赠一枝春。

【典义】咏梅、春景；表达对亲友家人的思念。

【典词】楚驿梅边、寄梅花、寄驿、江梅驿使、江南春信、陇头人、陆凯传情、梅花使等。

洛浦凌波

洛浦凌波一赋神，千秋吟颂步红尘。
若无笔下风情韵，谁识曹君诗伯人。

【典源】出自曹植《洛神赋》序。文中所记载的与甄逸女恋情不一定可信，但塑造了一位美丽多情的女神形象，令人赞叹，其中描写洛神风姿神态的句子千古传颂，如"翩若惊鸿，婉若游龙""肩若削成，腰如约素""凌波微步，罗袜生尘"等都是脍炙人口的名句。

【典义】咏花、莲花；形容美女、女神、仙女等。

【典词】步波、步罗袜、步袜江妃、尘生洛浦、感甄、鸿惊、惊鸿出洛水、凌波微步、洛阳神等。

灵和蜀柳

传闻蜀柳垂条美，我见院前花絮开。
昔日风流柔媚笑，今朝飞舞也悠哉。

【典源】出自《太平御览》引《齐书》。刘俊之为益州刺史，献蜀柳数株，条甚长，状若丝缕，武帝植于太昌灵和殿前，尝玩嗟曰：此杨柳风流可爱，似张绪当时。张绪吐纳风流，风雅俊逸，见者肃然起敬。

【典义】形容杨柳；形容人潇洒俊逸。

【典词】当年张绪、风流似张绪、灵和柳、灵和蜀柳、灵和态、蜀柳、张绪柳等。

千头木奴

快意人生二顷田，更思千树橘黄年。
归来岁计无忧供，胜过浮名自在仙。

【典源】出自《三国志·吴书·三嗣主传》裴松之注。李衡每欲治家，妻辄不听，后密遣客于武陵龙阳氾洲上作宅，种甘橘千株。临死告儿，州中有千头木奴，供资用。

【典义】咏橘；借指维持生计的家户。

【典词】黄柑千树、江橘千头、江陵千树、橘里、橘奴、木奴、橘州等。

前度刘郎

花诗一唱慨然多，十四年来流放过。
本是无关世间事，连春都怕看桃哥。

【典源】出自唐·孟棨《本事诗·事感》。刘尚书自屯田员外郎左迁朗州司马，凡十年，始征还。方春作赠看花诸君子诗曰：紫陌红尘拂面来，无人不道看花回。玄都观里桃千树，尽是刘郎去后栽。此诗一出，招人妒忌，又被贬外十四年。回来后重游玄都，无复一树，再题一绝：……种桃道士归何处，前度刘郎今又来。

【典义】咏桃花；形容人感慨追怀之意。

【典词】观里栽桃、旧观千红、刘郎重到、刘郎归、去后桃花、桃花前度、两度刘郎、玄都千树等。

人柳三眠

筠松可谓参天树，气节文人慕效姿。
不向柳眠三起卧，挺腰才是汉家儿。

【典源】出自清·张澍《三辅旧事》："汉苑中有柳，状如人形，号曰人柳，一日三眠三起。"

【典义】咏柳；形容女子的腰肢。

【典词】汉家旧苑眠、柳梦三、柳眠、柳三眠、杨柳三眠、春轻柳未眠等。

铁网珊瑚

亘古人才似鸿鹄，飞天最怕网罗张。
珊瑚未老先沉铁，不信其根不动光。

【典源】出自《新唐书·拂菻国传》。海中有珊瑚,海人乘大舶,堕铁网水底。珊瑚初生磐石上,白如菌,一岁黄,三岁赤,枝格交错。铁发其根,绞而出之。

【典义】咏珊瑚;指搜索奇珍异宝;比喻人才。

【典词】沉网取珊瑚、珊瑚铁网、铁罗、铁网愁、网珊瑚等。

师雄月下

古代师雄传说梦,风流酩酊见神仙。
而今也有痴情客,却未闻梅月下眠。

【典源】出自柳宗元《龙城录》。赵师雄遭罗浮,一日天寒日暮,憩仆松林间,酒肆旁舍,见一女人出迓师雄,师喜之,与之语,与之饮酒,醉卧,清晨醒视,在梅花树下。

【典义】咏梅。

【典词】酒醒罗浮、林下美人、罗浮美人、罗浮梦、罗浮仙梦、师雄月下等。

望梅止渴

宦海乘舟天地远,青云不致望梅林。
红尘到老心灰尽,日落西山苦作吟。

【典源】出自《世说新语·假谲》。曹操行役,失汲道,军

皆渴。乃令曰：前有大梅林，饶子，甘酸，可以解渴。士卒闻之，口皆出水。

【典义】咏梅；形容空想慰藉。

【典词】曹林、梅林、将军止渴、渴望梅、说梅止渴、望林止渴、望梅等。

武昌官柳

曾是武昌新种柳，何来移植自家门。
丝条拂面同姿态，择地无关本质根。

【典源】出自《世说新语·政事》。陶侃性纤密好问，尝课营种柳，都尉夏施盗拔武昌郡西门所种。陶问：此是武昌西门柳，何以盗之？夏俯首认错。

【典义】咏柳。

【典词】丝条拂武昌、陶公柳、武昌柳、武昌见移等。

竹杖成龙

仙家持物皆神怪，竹杖成龙又一奇。
不可凡人来享用，天公爱树只空枝。

【典源】出自晋·葛洪《神仙传·壶公》。费长房忧不得到家，壶公以一竹杖与之曰：但骑此，得到家耳。房骑竹杖辞去，忽如睡觉，已到家。房弃竹杖葛陂中，视之乃青龙耳。《后汉书·

费长房传》亦载。

【典义】咏竹、竹杖；形容仙人事典。

【典词】别杖、长房杖、长房还葛陂、成龙杖、乘竹杖、壶公龙、化竹等。

四、动物

久旱逢时雨，甘为落水身。

鹅笼吐纳

黄尘道上幻生幻,恰是鹅笼吐纳中。
不管青山几重绿,吟诗作画挹清风。

【典源】出自南朝梁·吴均《续齐谐记》。阳羡许彦于绥安山行,遇一书生,求寄鹅笼中。彦以为戏言,书生便入笼,宛然与双鹅并坐,鹅也不惊。见书生一会儿从口中吐食物,吐男女,一会儿又纳回来,吐纳自如,变幻无穷。

【典义】咏鹅;形容变幻无常。

【典词】白羽书生、鹅笼出入、鹅笼幻、幻中有幻、书生鹅笼等。

鹤收仙箭

少时担木千山远,一路回家数百村。
若有郑风神助力,今朝不见脚伤痕。

【典源】出自南朝宋·孔灵符《会稽记》。有座白鹤山,郑弘尝采薪,得一遗箭,顷有人觅,弘还之,问何所欲,弘识其神人也,曰:常患苦邪溪载薪为难,愿旦南风,暮北风。后果然,呼郑公风也。

【典义】咏鹤;形容行程顺风。

【典词】樵风、取箭、取箭鹤、仙镝、仙人收箭、郑风等。

瓠巴鼓瑟

临溪垂钓寒风雨,何不巴琴鱼出听。
入化自然生万物,神来互动必通灵。

【典源】出自《荀子·劝学》:"昔者瓠巴鼓瑟而流鱼出听。"《淮南子·说山训》:"瓠巴鼓瑟而淫鱼出听。"注:瓠巴,楚人也。善鼓瑟。淫鱼喜音,出头于水而听之。

【典义】咏鱼;形容音乐美妙。

【典词】巴琴、赤鳞狂舞、瓠巴瑟、神鱼出听、耸渊鱼、淫鱼乘波听等。

鹤语尧年

风寒万树带苍凉,浪里淘金苦逼商。
教授空怀经济策,尧年鹤语雪茫茫。

【典源】出自南朝宋·刘敬叔《异苑》卷三:"晋太康二年冬,大寒。南洲人见二白鹤语于桥下,曰:'今兹寒不减尧崩年也。'于是飞去。"

【典义】咏鹤;形容天寒及世事沧桑。

【典词】鹤讶、鹤语、鹤语寒、话年寒、尧年鹤语、尧年雪深等。

华亭鹤唳

秋风鹤唳生情忆,鲈鲙飘香梦里闻。
最是乡愁怀旧物,而今村改化烟云。

【典源】出自《世说新语·尤悔》。陆机战败,被人谗言,被诛,临刑叹曰,欲闻华亭鹤唳,可复得乎?注:华亭,吴地由拳县郊外野也,陆机与弟陆云共游于此十余年。《晋书·陆机传》亦载。

【典义】咏鹤;表现思念故土;形容为官被害,感伤追悔。

【典词】悲鹤华亭、愁鹤唳、华亭别泪、华亭鹤、唳华亭、陆机禽、陆云家鹤等。

马惜障泥

黄牛犁地一身土,神马临波惜障泥。
同是家禽天壤别,人间万物有高低。

【典源】出自《世说新语·术解》:王武子善解马性,尝乘一马,著连钱障泥,前有水,终日不肯渡。王云:此必是惜障泥。使人解去,便径渡。

【典义】咏马;也咏富豪生活。

【典词】锦障泥、绿锦蔽泥、惜障泥、障泥渡水等。

能言鸟

红尘议事门常闭,最怕朝光透进来。
要是能言神鸟在,真情实话口难开。

【典源】出自《汉书·武帝纪》。南越献驯象、能言鸟。颜师古注曰:即鹦鹉也。
【典义】咏鹦鹉;借指受恩宠的人。
【典词】能言鹦鹉、巧言鸟、鹦鹉人言等。

齐宫怨女

入夏常听树上鸣,为何刻骨叫心惊?
原来宫怨未曾息,一有炎风诉别情。

【典源】出自晋·崔豹《古今注》卷下。牛亨问曰:"蝉名齐女者,何也?"答曰:"齐王后忿而死,尸变为蝉,登庭树,苦苦而鸣,王悔恨。故世名蝉曰齐女也。"
【典义】咏蝉或咏宫怨。
【典词】宫魂、故宫怨、魂销齐女、齐蝉、齐女、怨齐王等。

琴高骑鲤

仙家何物未曾驾,乘鲤水中游自如。

不羡高人施本事，还乡实地作耕锄。

【典源】出自汉·刘向《列仙传》卷上。琴高者，赵人也，修行道术，浮游冀州、涿州之间二百余年，后入涿水中取龙子，与诸子约定，在水旁设祠，琴高乘赤鲤来，出坐祠中，万人观之。留一月余，复入水去。

【典义】咏鲤鱼；借指乘船、渡水等。

【典词】乘赤鲤、乘鲤、赤鲤琴高、驾鲤、跨赤鱼、骑鱼、坐赤鲤等。

蜀王遗魄

历代君王多少事，惟闻蜀帝化鹃悲。
江山屡现中原逐，谁解林间泣子规。

【典源】出自扬雄《蜀王本纪》，《十三州志》等亦载。昔有人姓杜，名宇，王蜀，号曰望帝。宇死，俗说云，宇化为子规。子规，鸟名也。蜀人闻子规鸟，皆曰望帝也。

【典义】咏杜鹃鸟；表达悲凉、思归等心境。

【典词】悲蜀帝、杜鹃魂、杜鹃啼血、杜魄、杜宇、古帝魂、望帝啼鹃等。

滕王蛱蝶

画龙画凤许多家，不见滕王蛱蝶花。

雾里云中何得月，毫端标榜自神夸。

【典源】唐·张彦运《历代名画记》卷九："滕王元婴，亦善画。"宋《宣和画谱》卷十五："滕王元婴，唐宗室也，善丹青，喜作蜂蝶。"他善画蛱蝶，画界称为"滕派蝶画"。
【典义】咏绘画或画蝶有关之雅事。
【典词】画图看蛱蝶、蛱蝶传、蛱蝶图、滕王刀笔等。

越裳白雉

古代传闻国贡来，越裳白雉作花媒。
和平共处非前物，更显春风礼乐开。

【典源】出自《后汉书·南蛮西南夷列传》："交趾之南有越裳国。周公居摄六年，制礼作乐，天下和平，越裳以三象重译而献白雉。"
【典义】指珍异鸟类，异国进贡。
【典词】白雉、白雉越裳、越裳驯白雉、越裳雉等。

支公怜神骏

今朝鹰马常家养，也像支公所喜欢。
识物非关形态美，追求神骏最堪看。

【典源】出自《建康实录》引《许玄度集》曰：支遁字道

(四) 动物

林，常隐剡东山，不游人事，好养鹰马，而不乘放。人或讥之，遁曰：贫道爱其神骏。

【典义】形容雄鹰、骏马；指喜好鹰马之人。

【典词】怜神骏、鹰想支公、支遁马、支遁识神骏、支遁鹰、支公骏马等。

五、人生

人生有风雨,打伞可安归。

白驹过隙

浮生看似蛇穿洞,过隙白驹何叹年?
与日争长无必要,唯留世上是名贤。

【典源】出自《礼记·三年问》:三年之丧,二十五月而毕,若驷之过隙。《庄子·知北游》:人生天地之间,若白驹之过郤,忽然而已。

【典义】形容人生短暂或光阴飞逝。

【典词】白驹驰、百年过隙、奔驹促、过白驹、过隙、过隙驹、日刻驹光、驷隙等。

杯弓蛇影

人心若在玉冰壶,何怕杯中蛇有无。
最忌疑神疑鬼出,光明磊落走天衢。

【典源】出自汉·应劭《风俗通义·怪神》。我之祖父应郴为汲县令,以夏至日请见主簿杜宣,赐酒。挂在墙上的赤弩,照于怀中,形如蛇。宣畏恶之,然不敢不饮。其日生病不起。

【典义】形容疑神疑鬼,自我困扰;指生病。

【典词】杯里蛇疑、杯蛇、弓蛇、弓影成蛇、挂蛇杯、酒中蛇、映弩等。

长卿多病

身心不可相如病,韵事吟怀杜甫愁。
有责匹夫千古意,向来效力自名流。

【典源】出自《史记·司马相如传》。相如字长卿,常有消渴疾,与卓氏婚,饶于财。其进仕宦,未尝肯与公卿国家之事,称病闲居,不慕官爵。曾拜为孝文园令,相如既病免职,家居茂陵。

【典义】称文人抱病辞职。

【典词】病渴、病损茂陵、多病马卿、多病文园、文园病客、长卿病、相如渴病等。

百钱挂杖

初襟仕与浮尘绝,宦海商歌逐叹悲。
若有百钱资酒醉,也持阮杖管他谁。

【典源】出自《世说新语·任诞》。阮宣子(脩)常步行,以百钱挂杖头,至酒店,独自饮酒,虽当世贵盛,不肯诣也。

【典义】表现自由自在地闲居生活;指饮酒或买酒之钱。

【典词】百青铜、挂百钱、挂杖钱、钱挂杖头、阮脩钱、阮杖、杖百钱、杖头沽酒物、杖头钱、杖头翁等。

藏舟夜壑

夜壑藏舟高枕中，谁知偷者力神通。
人心隐计周全妙，不及天行胜算功。

【典源】出自《庄子·大宗师》："夫藏舟于壑，藏山于泽，谓之固矣。然而夜半有力者负之而走，昧者不知也。……若夫藏天下于天下而不得所循，是恒物之大情也。"
【典义】形容自然造化运行是不可遏止的。
【典词】藏壑、藏山夜半、藏舟、藏舟去壑、藏舟夜壑、大力舟藏、壑舟等。

车轮四角

人常羁旅情无奈，背井离乡自古愁。
愿得车轮生四角，邀君一处锁清幽。

【典源】出自唐·陆龟蒙《古意》诗："君心莫淡薄，妾意正栖托。愿得双车轮，一夜生四角。"
【典义】形容栖托一处，不再远行。
【典词】车角、车轮生角、车轮四角生、车轮无角、角出车轮、轮四角等。

尺璧分阴

自毁人生且从乐，无思进取玩开心。

寸阴胜过尺之璧，负与东流难再寻。

【典源】出自《淮南子·原道训》："夫日回而月周，时不与人游，故圣人不贵尺之璧，而重寸之阴，时难得而易失也。"
【典义】形容时间宝贵，不可虚度。
【典词】尺璧分光、寸晷尺玉、寸阴、分阴如璧、贵分阴等。

大椿难老

人生自古喜椿老，更有王君万岁思。
但愿天长携地久，同跟日月永相随。

【典源】出自《庄子·逍遥游》："楚之南有冥灵者，以五百岁为春，五百岁为秋；上古大椿者，以八千岁为春，八千岁为秋，此大年也。"
【典义】祝愿人长寿。
【典词】八千椿寿、椿龄、椿年、椿寿、椿期、灵椿、松椿寿、寿木等。

电光石火

电光石火且如此，百岁人生一瞬间。
种德流芳才永久，千秋日月照青山。

【典源】出自北齐·刘昼《新论·惜时》："人之短生，犹如石火，炯然以过。"宋·普济《五灯会元》卷七〈保福从展禅师〉："此事如击石火，似闪电光。"

【典义】形容短暂人生，事物消逝很快。

【典词】南柯石火、石火、电光逝、石火光、石火梦、石内火等。

赤米白盐

人皆一日三餐饱，赤米白盐何必馐。
纵有山珍添海味，谁能长命体无忧？

【典源】出自《南齐书·周颙传》。周颙清贫寡欲，终日长蔬食，虽有妻子，独处山舍。卫将军王俭谓周颙曰："卿山中何所食？"周曰："赤米白盐，绿葵紫蓼。"

【典义】指粗茶淡饭，生活清贫。

【典词】白盐赤米、周颙蓼、周颙馔等。

黄鸡催晓

白日无情催易老，黄鸡唱晓使人愁。
今生霜鬓伤流景，惟有诗心可慰留。

【典源】唐·白居易《醉歌示妓人商玲珑》诗："罢胡琴，掩秦瑟，玲珑再拜歌初毕。谁道使君不解歌，听唱黄鸡与白日。

黄鸡催晓丑时鸣，白日催年酉前没。腰间红绶系未稳，镜里朱颜看已失。玲珑玲珑奈老何，使君歌了汝更歌。"

【典义】形容年华易逝，岁月无情。

【典词】白日黄鸡、唱黄鸡、唱玲珑、黄鸡唱日、玲珑曲、白发黄鸡等。

蟪蛄疑春秋

报道纷纭大小知，春秋只让蟪蛄疑。
人微不识高天事，何必狂猜说怪辞。

【典源】出自《庄子·逍遥游》："小知不及大知，小年不及大年。奚以知其然也？朝菌不知晦朔，蟪蛄不知春秋，此小年也。"

【典义】形容生命短暂；形容孤陋寡闻，少见多怪。

【典词】蟪蛄、蟪蛄流、菌蟪春秋、与蟪蛄语春秋、与菌争年、朝菌羡蟪蛄等。

吉梦熊罴

枕海渔民常打浪，全家劳力盼男儿。
真来吉梦熊罴后，十里春风一路吹。

【典源】出自《诗经·小雅·斯干》：乃寝乃兴，乃占我梦。吉梦如何？维熊维罴。

【典义】指生男孩子；庆贺男子生日。

【典词】梦熊未兆、梦熊罴、罴梦、熊梦、熊罴通梦寐等。

柳生左肘

十常八九难如意，左肘柳生休管它。
近日花开早欣赏，再来杯酒又于何？

【典源】出自《庄子·至乐》云。支离叔与滑介叔一同游览于冥伯之丘和昆仑之虚，俄而柳生在滑介叔左肘，支离叔问：你讨厌它吗？滑介叔曰：不，我何厌！生者，是暂时的，而且是暂时集在一起的东西，即尘埃。死生如昼夜交替。且吾与子观化而化及我，我又何恶焉！

【典义】形容生老病死的自然规律；形容对人生的达观态度。

【典词】垂杨生左肘、连化肘、柳生肘、杨枝肘、肘生柳等。

蘧瑗知非

诚然圣手也知非，何况平生一仕微。
已是夕阳归老客，追思昔日觉乖违。

【典源】出自《庄子·则阳》。蘧瑗字伯玉，行年六十，未尝不始于是之而卒诎之以非也。未知今之所谓是之，非五九非也。(意思是六十岁时,就认识到自己以前五十九年来的言行之非。)

【典义】以"知非之年"指五十岁;表达改过迁善,知往日之非的意思。

【典词】伯玉年、蘧非、蘧生年、四十九年非、五十知非、悟前非等。

生刍一束

吾妹临终唤子孙,千叮还欠借钱恩。
如斯厚德如琼玉,一束生刍祭故魂。

【典源】出自袁宏《后汉纪》。郭泰遭母丧,过于哀,徐孺子荷担来吊,以生刍一束顿庐前,既唁而退。或问:此谁也?……林宗(郭泰字)曰:此必南州高士徐孺子也。《诗》不云乎:生刍一束,其人如玉。吾无德以堪之。

【典义】表达赞誉死者之德行;用以吊祭先辈、故人等。

【典词】奠生刍、进生刍、生刍、生刍吊故人、束刍等。

天上玉楼

宗颐百岁一生儒,博学方家四海湖。
世上通天能有几?人间遗事玉楼呼。

【典源】出自李商隐《李贺小传》。李贺(字长吉)将死

时，忽昼见一绯衣人，驾赤虬，持一版……绯衣人笑曰：帝成白玉楼，立召君为记，天上差乐，不苦也。

【典义】婉指文人才士之死。

【典词】白玉楼、长吉赋、赋楼、记玉楼、往记玉楼、卧才鬼等。

另注：宗颐即饶宗颐，号选堂，广东潮安人，丁酉腊月去世，享年一百零一岁。

牛山下涕

牛山涕泪何愁苦，莫叹流年似水声。
世事沧桑唯有变，黄河才会自澄清。

【典源】出自《晏子春秋·内篇谏上》。齐景公游于牛山，北临其国城而流涕曰：怎能丢下而死乎？说完，随从也跟着涕泣，晏子独笑于旁。公问：独笑何也？晏子对曰：使贤者常守之，则太公、桓公将常守之矣；使勇者常守之，则庄公、灵公将常守之矣。数君者将守之，则吾君安得此位而立焉？以其迭处之，迭去之，至于君也，而独为之流涕，是不仁也。不仁之君见一，谄谀之臣见二，此臣之所以独窃笑也。

【典义】形容感伤世事沧桑之人。

【典词】感牛山、牛山哀泣、景公齐山、牛山叹、牛山下涕等。

潘岳二毛

自古悲秋人易老，可堪潘岳二毛生。
已知耳顺衣冠挂，何必凭栏听雨声。

【典源】出自《文选·潘岳〈秋兴赋〉序》。潘岳字安仁，三十二岁始见二毛。李善注："杜预曰，二毛，头白有二色也。"
【典义】感慨时光易逝，年华渐老；形容离愁别绪，触景伤情。
【典词】安仁鬓、白发潘郎、鬓边二毛、鬓成潘、鬓毛惊老、二毛等。

观河面皱

羁旅红尘风雨过，桑榆暮景夕阳归。
虽嗟面皱观河后，笑对人生谢幕帏。

【典源】出自《首楞严经》。波斯匿王观看恒河，自伤发白面皱，而恒河不变。佛谓变者受灭，不变者原无生灭。钱谦益《留鸿节》诗："观河面皱嗟君老，临井腰悬笑我衰。"
【典义】形容人生易老。
【典词】波匿观河、发白喻观河、见恒河、皱恒河等。

彭殇寿夭

长年只合三山有，命里时常一夜无。

> 造化人间夭寿限，彭翁百岁也终枯。

【典源】出自《庄子·齐物论》。天下莫大于秋毫之末，而太山为小；莫寿于殇子，而彭祖为夭。彭祖（名铿）者八百余岁。

【典义】论长寿，达观生死。

【典词】彭聃、彭殇、彭翁老寿、殇乐长年等。

六、体貌

无邪身玉貌，胜似一何郎。

沉鱼落雁

江南水质养肤白，出入沉鱼落雁惊。
往日堪能生态美，如今是否远山清？

【典源】出自《庄子·齐物论》："毛嫱、丽姬，人之所美也；鱼见之深入，鸟见之高飞，麋鹿见之决骤。"《淮南子·修务训》："今夫毛嫱、西施，天下之美人。"
【典义】形容女子美貌。
【典词】落雁娇容、落雁沉鱼、毛嫱等。

成吾宅相

生男若像阳元貌，也许成吾宅相言。
世上爱听恭喜话，千秋不变受人尊。

【典源】出自《晋书·魏舒传》。魏舒字阳元，少孤，为外家宁氏所养。宁氏起宅，相宅者云："当出贵甥。"外祖母以魏氏甥小而慧，意谓应之。舒曰："当为外氏成此宅相。"
【典义】称美外甥；借指住宅风水。
【典词】宁氏相宅、阳元相、宅相等。

乘龙佳婿

豪家择婿盼乘龙，只许门当户对从。

看上鸳鸯非取羽,真心实意自情浓。

【典源】出自晋·张方《楚国先贤传》。时人谓桓叔元两女俱乘龙,言得婿如龙也。

【典义】形容女婿人才出众。

【典词】乘龙、乘龙快婿、乘龙娇客、乘龙之喜、夫婿乘龙等。

傅粉何郎

何郎独白惊天帝,汤饼风流解粉疑。
若是无缘恩泽顾,谁来夸美一男儿?

【典源】出自《初学记》卷十九引晋·裴启《语林》曰:"何平叔美姿仪而绝白,魏文帝疑其著粉,夏月与热汤饼,既啖,大汗出,随以朱衣自拭,色转皎然。"

【典义】形容面色白皙;形容某些洁白之物。

【典词】当筵试汤饼、傅粉、傅粉晏、何郎粉、何郎面、平叔白、疑粉等。

姑射仙姿

姑山女客肌肤雪,赢得文人不惜辞。
也有凡间生美白,无须借道一仙姿。

【典源】出自《庄子·逍遥游》："藐姑射之山，有神人居焉，肌肤若冰雪，淖约若处子。不食五谷，吸风饮露。乘云气，御飞龙，而游乎四海之外。"

【典义】形容女子之美；咏花、雪等。

【典词】冰姑、冰雪肌肤、冰雪容、冰姿、姑射冰肌、姑射神游、姑射仙姿等。

果掷潘河阳

男儿爱美观花赏，女子欢心连手萦。
投果潘车洛阳道，人间佳话古今声。

【典源】出自《世说新语·容止》："潘岳（字安仁）妙有姿容，好神情。少时挟弹出洛阳道，妇人遇者，莫不连手共萦之。"刘孝标注引晋·裴启《语林》曰："安仁至美，每行，老妪以果掷之满车。"《晋书·潘岳传》亦载。

【典义】形容美男子或女子之爱慕。

【典词】安仁掷果、连手望安仁、潘安果、潘车、潘岳果、潘岳仪容等。

楚国纤腰

吴王好剑客多瘢，楚国欢腰女饿残。
自许天公情亿变，管他黎庶食难安。

【典源】出自《韩非子·二柄》："故越王好勇，而民多轻死；楚灵王好细腰，而国中多饿人。"《后汉书·马援列传》："吴王好剑客，百姓多创瘢；楚王好细腰，宫中多饿死。"

【典义】形容女子腰肢纤细，体态轻柔；咏柔细之物。

【典词】楚宫细腰、楚宫腰、楚腰、宫腰、细腰、舞姬腰、纤腰学楚、腰艳楚等。

莲花似六郎

潘夏堪称双璧白，谁能幸胜六郎佻。
情间也有偏男色，实在无言对女妖。

【典源】出自《旧唐书·杨再思传》。武则天当政时，张昌宗（六郎）貌美得宠，杨再思又谀之曰：人言六郎面似莲花；再思以为莲花似六郎，非六郎似莲花也。

【典义】形容人貌俊美；咏莲花。

【典词】荷花似郎、六郎娇面、貌比六郎等。

注：诗中"潘"指潘岳，"夏"夏侯湛，时人谓之"连璧"。

嫫 母

烂果悬枝嫫母黝，花容欲出似西施。
风情丑美有期限，物到纯真最好时。

【典源】出自《荀子·赋篇》："嫫母、力父，是之喜也。"唐·杨倞注："嫫母，丑女，黄帝时人。"《艺文类聚》卷十五引《列女传》曰："黄帝妃嫫母，于四妃之班居下，貌甚丑而最贤，心每自退。"

【典义】指丑妇人或丑陋之物。

【典词】嫫母貌、嫫母黝、嫫母姿、嫫与施等。

裙带留仙

留仙裙带歌飞燕，何必谢恩拦上天。
几个皇妃始终善？泪流满面未来前。

【典源】出自旧题汉·伶元《飞燕外传》。后歌舞归风送远之曲，帝以文犀簪击玉瓯，令后所爱侍郎冯无方吹笙以倚后歌。中流歌酣，风大起，飞燕裙衣飘舞，扬袖欲飞升仙去。帝曰：无方为我持后。无方舍吹持后履，久之，风霁。后泣曰：帝恩我，使我仙去不得。怅然曼啸，泣数行下。

【典义】形容女子歌舞，体态轻盈。

【典词】避风台、持履恐先飞、飞燕皱裙、留仙带、留仙裙、赵后仙等。

寿阳公主额

寿阳点额传佳话，嫫母梅妆岂可言？
不是花英何艳丽，容颜娇美最勾魂。

【典源】出自《太平御览》卷三十引《杂五行书》。宋武帝女寿阳公主，人日卧于含章殿檐下，梅花落公主额上，成五出花，拂之不去。宫女奇其异，竞效之，今梅花妆是也。

【典义】形容女子化妆，面容娇美；咏梅花。

【典词】吹到眉心、额点梅花、额花、额黄映日、额妆、含章媚态、汉宫娇额、梅妆等。

王恭柳

如今男子如春柳，脱体温柔似女生。
何故难寻同虎气，王恭是否又重行？

【典源】出自《世说新语·容止》。有人叹王恭形茂者，濯濯如春月柳。《晋书·王恭传》亦载。

【典义】形容人姿仪风神之态。

【典词】春月柳、王恭柳等。

眼如岩电

寒潮滚滚乱黄尘，不可眼花迷雾津。
亦慕王戎岩电闪，留眸换看世间人。

【典源】出自《世说新语·容止》：裴令公目王安丰，眼烂烂如岩下电。《竹林七贤论》：王戎眸子洞彻，视日而眼明不亏。

【典义】形容目光明亮之人。

【典词】寒眸激电、目如岩电烂、王戎视、戎眼、烂岩电、眼如岩电等。

掌上舞

掌中作舞软腰摇，台上追风秀发飘。
昔日宫廷偏此色，轻灵巧物供君招。

【典源】出自《太平御览》卷五七四引《汉书》曰：赵飞燕体轻，能掌上舞。《南史·羊侃传》：羊侃家有舞女张静婉，腰围一尺六寸，时人咸推能掌上舞。
【典义】形容女子体态轻盈；形容柔细灵巧之物。
【典词】飞燕轻、飞燕掌中娇、皇后舞、掌上飞燕、轻身舞、掌上承恩等。

孙寿愁眉

平家妇女嫌身丑，也学愁眉软扮娥。
堕马斜云簪不住，垂头扫脸反成婆。

【典源】出自《后汉书·梁冀传》：孙寿色美而善为妖态，作愁眉、啼妆、堕马髻、折腰步、龋齿笑，以为媚惑。
【典义】咏花；形容女子容态妖冶。
【典词】愁眉、堕髻、堕泪妆、堕马妆、髻梳堕马、孙眉等。

独孤侧帽

独孤侧帽倾城慕,学步邯郸笑杀痴。
若问两人何别样,西林壁上有题诗。

【典源】出自《周书·独孤信传》。独孤信因俊秀,风度高雅,他任泰州刺史时,一次打猎入城,其帽子戴偏斜,第二天,全城效仿。
【典义】形容人风仪高雅,为人羡慕。
【典词】侧帽、侧帽檐、角巾欹、角巾倾、巾欹、席帽斜、欹冠、欹客帽、欹纱帽、轻风侧帽等。

孟嘉吹帽

青萍雨打江湖老,满鬓霜华对月杯。
一任秋风吹落帽,篱边赏菊独悠哉。

【典源】出自陶潜《晋故征西大将军长史孟府君传》。九月九日,桓温与僚属游龙山,孟嘉(为参军)帽吹落不觉,又如厕,桓命孙盛作文嘲弄,孟回见此也取笔应答,文辞优美。
【典义】形容文雅倜傥、风度翩翩之人;形容饮宴佳会。
【典词】参军吹帽、重阳帽、吹帽、堕帻、风落帽、风落乌纱、龙山吹帽、龙山佳会等。

沐猴而冠

自古忠君凭本领，何须楚沐戴猴冠。
而观满院人衣彩，只算游街马戏团。

【典源】出自《史记·项羽本纪》。人劝项王以关中霸业，项曰：富贵不归故乡，如衣绣夜行，谁知之。说者背地曰：楚人沐猴而冠耳，果然。

【典义】形容人徒具仪表，而无内才。

【典词】楚沐猴、冠服衣猿狙、冠猴、冠沐猴、猴冠、沐猴冠等。

七、身份

红尘天子意,功名笔墨间。

八砖学士

早有闻鸡起舞时，又传学士八砖迟。
风情各异皆关日，也许心机自个知。

【典源】出自唐·李肇《翰林志》。北厅前阶有花砖道，冬中日及五砖为入直之候。李程性懒，好晚入，常过八砖乃至，众呼为"八砖学士"。

【典义】指翰林学士；咏翰林院之事。

【典词】八砖、八砖步日、步八砖、官簿到花砖、候八砖、学士砖等。

公孙牧豕

公孙牧豕读春秋，宁戚商歌亦饭牛。
自古先贤皆奋发，英才不管出身优。

【典源】出自《史记·平津侯列传》。丞相公孙弘者，家贫，牧豕海边。年四十余，乃学《春秋》杂说。《汉书·公孙弘传》亦载。

【典义】指士人出身贫贱。

【典词】牧群猪、牧豕、牧豕海上、平津牧豕、四十牧豕等。

弄玉吹箫

吹箫弄玉传佳话,但惜凡间不见人。
何谓神仙喜天上,既无风雨又无尘。

【典源】出自汉·刘向《列仙传》。萧史者,秦穆公时人也,善吹箫,能致孔雀、白鹤于庭。穆公有女字弄玉,好之,公遂以女妻焉。日教弄玉作凤鸣,居数年,吹似凤声,凤凰来止其屋。公为作凤台,夫妇止其上,不下数年,一旦皆随凤凰飞去。杜光庭《仙传拾遗》亦载。

【典义】喻男欢女悦,结成爱侣。以"弄玉"指仙子、公主、美女;以"萧史"指情郎、佳婿,以"凤台、凤楼"指仙子、女子居住的楼阁。

【典词】乘凤仙人、乘鸾、吹箫弄玉、吹箫玉、凤管、凤楼、凤侣、凤曲等。

铜山流泉

原来造富如翻掌,一地铜山赐邓通。
只恐流泉空负水,秋来落叶是枯穷。

【典源】出自《史记·佞幸列传》:文帝赏赐(邓)通巨万以十数,官至上大夫。……上使善相者相通,曰:当贫饿死。文帝曰:能富通者在我也,何谓贫乎?于是赐邓通蜀严道铜山,得自铸钱,"邓氏钱"布天下。

【典义】指豪富人家。

【典词】赐铜山、邓氏铜山、邓通钱、金山赏邓通、铜山等。

韩嫣金丸

兴安大地民强富,比屋豪华宝马多。

若是韩嫣来打鸟,金丸收起断弦呵。

【典源】出自葛洪《西京杂记》。韩嫣好弹,常以金为丸打鸟,所失者日有十余。

【典义】形容豪富奢侈之人。

【典词】韩嫣弹、金丸、拾金丸、王孙金弹丸、挟金丸、逐金丸等。

王谢乌衣

江山不管贫民事,只顾乌衣王谢家。

自古兴衰无别样,燕飞依旧识天涯。

【典源】出自《景定建康志》十六引旧志云:"乌衣巷在秦淮南。晋南渡,王、谢诸名族风居此,时谓其子弟为乌衣诸郎。"刘禹锡《乌衣巷》诗亦吟及。

【典义】指显贵豪门或其子弟。

【典词】风流王谢、晋美乌衣、旧家王谢、门第乌衣、王亭谢馆等。

相马九方皋

相马何须看颜色,求才不必辨雌雄。
原来赏骏千千律,难及九方真识功。

【典源】出自《列子·说符》。伯乐向秦穆公推荐一个叫九方皋的人去相马,马找到,在沙丘。公问何马?对曰:牝而黄。使人往取之,取回是牡而骊。公叹,色物,牝牡尚弗能知,又何相马?却果然良马。

【典义】指精于鉴别、品评的行家高手;以"牝牡骊黄"借指事物的表面现象;或形容良马。

【典词】不知牝牡、黄骊、九方皋、骊黄、牝黄、忘牝牡等。

珠履三千客

豪门珠履三千足,陋屋空堂一客无。
何故贫家观顾少,人心爱富未曾枯。

【典源】出自《史记·春申君列传》。赵平原君使人于春申君,赵使欲在楚前夸耀自己,当见到春申君时,见其门下食客三千余人,上客皆蹑珠履以见赵使,赵使大惭。

【典义】指豪门食客、宾客。

【典词】出蹑珠履、楚客豪华、履明珠、三千好客、珠履等。

巫山神女

不见巫山神女态，何来赋笔众牛毛。
风情云雨千秋月，难改人间景趣高。

【典源】出自宋玉《高唐赋》和《神女赋》：赤帝之女名姚姬，未嫁而卒，葬于巫山之阳。楚怀王游高唐，昼寝，梦与其神相遇，自称"巫山之女"。王因幸之，去而辞曰：妾在巫山之阳，高丘之巅，旦为朝云，暮为行雨，朝朝暮暮，阳台之下。后人附会，为之立庙，号曰朝云。

【典义】形容男女之间的幽情；咏女子的神态；也咏自然界的雨云、风物等。

【典词】爱雨怜云、愁云怨雨、楚梦、高唐女神、神女雨、楚王惊梦、楚王游梦、断雨残云等。

玉笋班

进士年年高考试，一攀月桂自光明。
来居玉笋朝班上，盼有金瓯覆姓名。

【典源】出自唐·赵璘《因话录》卷三："李相国武都公知贡举，门生多清秀俊茂，唐冲、薛庠、袁都辈，时谓之玉笋。"宋·孙光宪《北梦琐言》卷五："唐末朝士中有人物者，时号玉笋班。"

【典义】借指朝中清俊秀异之人才。

【典词】班联玉笋、朝班玉笋、通班玉笋、玉班、玉笋班等。

张禹堂深

自古交情真莫逆，尊师敬老玉壶清。
但求有度堂深后，应在心中分寸明。

【典源】出自《汉书·张禹传》。张禹是汉成帝老师，封安昌侯，他成就弟子尤著者，只有彭宣和戴崇。宣为人恭俭有法度，而崇恺弟多智，二人异行。禹心亲爱崇，敬宣而疏之。崇每候禹，常责师宜置酒设乐与弟子相娱。禹将崇入后堂饮食，妇女相对，优人管弦铿锵极乐，昏夜乃罢。而宣之来也，禹见之于便坐，讲论经义，日晏赐食，不过一肉卮酒相对。宣未尝得至后堂。

【典义】表现师生，辈分的关系；以"入后堂"指感情融洽；或得到长辈接待，感到荣幸。

【典词】安昌坐后堂、后堂歌舞、空忝彭宣、彭宣坐、丝竹后堂等。

坐无车公

昔日才人多聚会，车公不见宴难开。
当时也有非文士，万贯豪门日日陪。

【典源】出自南朝宋·檀道鸾《续晋阳秋》：胤既博学多闻，又善于激赏，当时每有盛坐，胤必同之，皆云：无车公（车胤）不乐。太傅谢公游集之日，开筵以之。

【典义】称博学多闻之人；也指文士雅集。

【典词】不乐为车公、欢会忆车公、泥车公、席上车公、召车公等。

林宗巾

戴帽谁无逢下雨，偏偏垫角是林宗。
此人若果平民客，巾折再多难效从。

【典源】出自《后汉书·郭太列传》。郭太字林宗，性明知人，容貌魁梧，风度优雅。一次行走遇雨，巾一角垫，时人乃故折巾一角，争相效仿。称为"林宗巾"。

【典义】形容人名高望重，为人钦敬。

【典词】垫角巾、垫巾、垫林宗、葛巾乖角、纶巾折等。

八、生活

人间有烟火，无柴难热锅。

清圣浊贤

唯有杜康真古语，愁肠酌我解悲辛。
凡间酒是情尤物，清圣浊贤皆可人。

【典源】出自《王国志·魏书·徐邈传》。当时禁酒，邈却饮醉，说是中圣人，太祖甚怒，别人解释说：平日醉客谓酒清者为圣人，浊者为贤人，邈性修慎，偶醉言耳。

【典义】形容人嗜酒、醉酒；借指酒。

【典词】酒号贤人、酒圣、酒作圣、乐圣、美酒参圣、清酒圣、若圣、中圣人等。

从事督邮

世间品酒何深味，昏醉难分其劣优。
也许诗仙肠胃好，堪知从事到青州。

【典源】出自《世说新语·术解》：桓公有主簿善别酒，有酒辄令先尝。好者谓"青州从事"；劣者谓"平原督邮"。青州有齐郡，平原有鬲县。"从事"指酒可到脐（与"齐"谐音）下，"督邮"指酒只到膈（与"鬲"谐音）膜处。

【典义】分别指美酒、劣酒。

【典词】从事督邮、从事青州、督邮风味、风流从事、酒到脐、齐郡酒等。

稻粱谋

已许书生流麦尽，何曾谋足稻粱心。
追求境界无边际，应效飞鸿天上音。

【典源】出自《文选·刘峻〈广绝交论〉》：分雁鹜之稻粱，沾玉杯之余沥。注引《韩诗外传》：田饶谓鲁哀公曰：黄鹄止君园池，啄君稻粱。
【典义】指谋求衣食；也咏鸿雁。
【典词】不饱稻粱、稻粱绝、稻粱可恋、稻粱难、飞鸣在稻粱等。

得一老兵

千秋饮酒真风趣，对影三人殊雅情。
得失老兵无礼数，杯中有话岂言明。

【典源】出自《晋书·谢奕传》。谢奕与桓温为好友，谢好饮，无复朝廷礼，尝逼桓饮，桓只好逃避，谢就引桓一兵共饮，曰：失一老兵，得一老兵，亦何所怪。
【典义】形容寻友饮酒。
【典词】酒迫桓端、老兵、失一老兵、坐上无老兵等。

樊迟稼

如今难见种田忙，只要经商更吃香。

（八）生活

若是樊迟来学稼，不知谁像作耕郎。

【典源】出自《论语·子路》：樊迟请学稼。子曰：吾不如老农。请学为圃。曰：吾不如老圃。
【典义】指种田、种菜之事。
【典词】樊迟圃、樊圃、樊须稼、学稼、学圃等。

奇肱飞车

已是桑田沧海变，飞车神驾看天边。
奇家若要来回顾，不见人工复旧年。

【典源】出自《山海经·海外西经》。传说奇肱国之人，一只胳膊三只眼，乘文马。晋·郭璞注：其人善为机巧，能作飞车，从风远行。途中坏了也能复作遣返。
【典义】指驾车出行。
【典词】车走奇肱、飞车等。

流霞酒

秋来催衬老梧桐，满目萧萧落叶风。
若果年华能久驻，流霞映月不停盅。

【典源】出自汉·王充《论衡·道虚》。传说项曼都好道学仙，离家出走，三年而返。家人问其状，曰：去时不能自知，忽见有仙人数人，将我上天。口饥欲食，仙人给我一杯流霞，饮之数月不饥。后想家而返。

【典义】形容仙道生活；指美酒、仙酒。

【典词】流霞、流霞杯、流霞席、霞杯、霞浆、霞觞、一杯霞等。

陆贾分金

应知进退观风雨，更懂分金备后灾。
在世人间三兔穴，犹思陆贾御悲催。

【典源】出自《史记·郦生陆贾列传》。孝惠帝时，吕太后用事，欲王诸吕。陆生自度不能争之，于是称病居家。在好畤地方定居下来。把使越得来的物产卖掉得千金，分其五子，子二百金，令为生产。《汉书·陆贾传》亦载。

【典义】表示安置家业；指积蓄、行囊等。

【典词】金囊、陆贾金、陆贾装、陆子金、金多陆贾等。

满斛进槟榔

童年饥困食何择，野果田瓜未熟前。
一见槟榔也求乞，知羞顾脸饿连天。

【典源】出自《南史·刘穆之传》。穆之少时，家贫诞节，嗜酒食，不修拘检。好往妻兄家乞食，多见辱，不以为耻。后有庆会，穆之犹往，食毕求槟榔。江氏兄弟戏之曰：槟榔消食，

君乃常饥，何忽须此？

【典义】形容饥困乏食。

【典词】荐槟榔、乞槟榔、食槟榔、一斛槟榔等。

郇公厨

豪门夜宴烛齐明，百样珍馐错杂呈。
若请郇厨来顾望，此情此景愧难成。

【典源】出自后唐·冯贽《云仙散录》引《长安后记》：韦陟厨中，饮食之香错杂，人人其中，多饱饫而归。语曰：人欲不饭筋骨舒，夤缘须入郇公厨。《新唐书·韦陟传》亦载。

【典义】指厨馔精美。

【典词】郇厨、郇国厨、郇庖等。

扬子一区宅

也慕扬雄一块田，更追范蠡五湖天。
悬车告老身心静，故地安家听涧泉。

【典源】出自《汉书·扬雄传》。扬雄字子云，蜀郡成都人也。楚汉之争时，处巴江州，汉元鼎间避仇复溯江上，处岷山之阳曰郫，有田一块，有宅一区，世世以农桑为业。

【典义】指士人安身之处；泛指平民。

【典词】扬宅、扬子宅、一区之宅、宅一区、子云居等。

蒸饼十字裂

晋时美食何为异,裂饼风情最可香。
请看当今皆此物,家家厨膳似朝堂。

【典源】出自《晋书·何曾传》:何曾性奢豪,帷帐车服,穷极绮丽,厨膳滋味,过于王者。每燕见,不食太官所设,蒸饼上不作十字不食。
【典义】形容食物精美。
【典词】炊裂十字、起溲十裂、十字裂等。

庾信小园

黄尘滚滚伤流景,也想闲情僻静幽。
若有庾园求一处,人生快意五湖舟。

【典源】出自北周·庾信《小园赋》:余有数亩敝庐,寂寞人外,聊以拟伏腊,聊以避风霜。虽复晏婴近市,不求朝夕之利;潘岳面城,且适闲居之乐。注:庾信字子山,小字兰成。
【典义】指自家小园;咏闲居生活。
【典词】兰成园、有园同庾信、庾信园、子山园等。

仲蔚穷居

名声仲蔚没蒿草,养性修心乐处贫。

自古文人多隐士，天公知否绝红尘。

【典源】出自汉·赵岐《三辅决录》曰：张仲蔚，平陵人也。与同郡魏景卿，俱隐身不仕，所居蓬蒿没人。又皇甫谧《高士传》：张仲蔚者，……闭门养性，不治荣名，时人莫识，唯刘龚知之。

【典义】指贫士或其居处。

【典词】蒿莱闭庐、江南仲蔚、蓬蒿没户、蓬蒿宅、张蔚庐等。

竹西歌吹

前年记得江都去，不见竹西游乐场。
也许今朝非昔比，繁华何必鼓声扬。

【典源】出自杜牧《题扬州禅智寺》：……暮霭生深树，斜阳下小楼。谁知竹西路，歌吹是扬州。

【典义】借称扬州；泛指游乐场所。

【典词】歌吹古扬州、歌吹竹西、竹西古调、竹西佳处等。

三间瓦屋

忆昔三间瓦屋寒，柴扉土壁陋难看。
吾家兄弟无嫌挤，一有风霜抱一团。

【典源】出自《世说新语·赏誉》：蔡谟在洛阳，见陆机兄弟住参佐廨中，三间瓦屋，陆云（字士龙）住东头，陆机（字士衡）住西头。士龙文弱可爱，士衡言多慷慨。

【典义】指友人、弟兄或自己的简陋居处。

【典词】东头老屋、陆家老屋、陆屋、茅三间、茅屋著机云、瓦屋三间等。

蜗牛庐

豪门闲屋聚蚊虫，我户蜗居贴背弓。
贫富悬殊天地别，何时九有住家同。

【典源】出自《魏略》："焦先及杨沛，并作瓜牛庐，止其中……形如蜗牛蔽，故谓之蜗牛庐。"

【典义】指士人的狭小简陋住处。

【典词】瓜牛、庐如瓜牛、蜗壳卜居、蜗庐、蜗牛舍、蜗屋等。

九、风物

沧桑百变,风骨犹存。

管城子

春秋记事有人问,功在管城谁可知?
沧海桑田多少代,书生挥墨此相随。

【典源】出自唐·韩愈《毛颖传》。毛颖者,中山人也。秦始皇时,蒙恬南伐楚,次中山,将大猎,先占卜。卜者曰:可猎获一长须的动物,用之毛可写简策。果然捕获毛氏之族,将它的毛载回,秦始皇让蒙恬赐之汤沐,而封诸管城,号曰管城子,用它记录历代史事。实际上是蒙恬用兔毛造笔的事。

【典义】指毛笔。

【典词】管城、管城公、管城居士、管城颖、毛颖等。

鹍鸡弦

商歌还怨鹍皮拨,殿上宫中却乐之。
在世人生无此物,高山流水孰相知?

【典源】出自《酉阳杂俎》:古琵琶弦用鹍鸡筋。唐·段安节《乐府杂录》:开元中有贺怀智,其乐器以石为槽,鹍鸡筋作弦,用铁拨弹之。

【典义】形容弹奏琵琶或其他乐器,欣赏乐曲。

【典词】鹍鸡弦、鹍皮、鹍瑟、鹍丝、鹍弦等。

米家书画舫

溪边杂木繁花色,桃树犹遮米老船。
但觉轻歌传耳入,方知才子水中天。

【典源】出自黄庭坚《戏赠米元章》诗之一:万里风帆水著天,麝煤鼠尾过年年。沧江静夜虹贯月,定是米家书画船。米元章是宋代米芾,字元章,著名画家,他任江淮发运使,在自己船上立牌曰:"米家书画船。"

【典义】指文人才子的船。

【典词】米船、米家船、米老船、书画船、元章书画船等。

麹生风味

雅客风流常聚首,尊吾老叟坐前台。
寒暄过后周环顾,发现麹生还未来。

【典源】出自唐·郑綮《开天传信记》。道士叶法善,精于符箓道术。有次数十个官客去看他,大家盘桓思酒,突然闯进一个叫麹秀才的人,对大家作揖后坐末席,一会儿旋舞起来,法善小剑击去,见他倒在阶下,化为酒坛,原来是一坛美酒,大家便喝起来。人们对着酒坛作揖:麹生风味,不可忘也。

【典义】指酒、酒器等。

【典词】曲道士、曲生、麹道士、麹君、麹生、麹秀才等。

铁笛破龙睡

铁笛吹波翻浪滚,两龙破睡探头来。
何仙使劲风声急?也许天公自打雷。

【典源】出自唐·段安节《乐府杂录》。开元中,有李谟吹笛高手,有人赠他一支坚如铁石的竹笛,他夜泛舟,湖上吹笛,有一老翁泛小舟来听笛,自言爱笛,李谟给他笛,刚吹一声,湖面翻滚,两龙出听,笛子即裂,又自己取笛吹完,反赠李谟,竟吹不响。

【典义】咏笛、吹笛之事。

【典词】穿云笛、穿云裂石、江南铁笛、蛟龙出听、铁皆裂、破龙睡等。

平泉树石

底谷兰花无顾客,平泉草木尽春风。
人生处境天然别,绮邑穷乡景不同。

【典源】出自《旧唐书·李德裕传》及《剧谈录》。宰相李德裕在东都洛阳附近,置平泉别墅,清流翠篠,曲水萦回,卉木亭阁,树石幽奇,若造仙府。

【典义】指官宦富贵人家园林等。

【典词】平泉、平泉草木、平泉树石、平泉墅、平泉庄等。

山鸡舞镜

照镜山鸡爱羽毛,多情自作舞风骚。

生来只是图丰采,早晚心机付枉劳。

【典源】出自刘敬叔《异苑》:山鸡爱其毛羽,映水则舞。魏武时,南方献之,帝欲其鸣舞而无由,公子苍舒令置大镜前,鸡鉴形而舞,不知止,遂乏死。

【典义】咏镜;形容舞姿。

【典词】山鸡舞、山鸡照影、舞镜、舞镜之禽、舞山鸡等。

一苇可航

固守天山三箭取,何劳一苇海波航。

而今军事非人力,坐看边关可目防。

【典源】出自《诗·卫风·河广》:"谁谓河广,一苇杭之。谁谓宋远,跂予望之。"正义曰:言一苇者,谓一束也。可以浮之水上而渡,若浮筏然,非一根苇也。

【典义】指船,多指小船;形容渡河、航行。

【典词】渡苇、杭苇、航一苇、一苇等。

烛龙衔光

今春会后逢元夕,别有心情见月圆。

又是连灯龙烛照，从宵四海更光天。

【典源】出自《山海经·大荒北经》："西北海之外，赤水之北，有章尾山。有神，人面蛇身而赤，直目正乘，其瞑乃晦，其视乃明，不食不寝不息，风雨是谒。是烛九阴，是谓烛龙。"

【典义】形容灯；也指照耀黑暗的光明。

【典词】北荒烛龙、苍龙衔烛、龙衔烛、龙烛、神龙、烛龙不夜等。

湘灵鼓瑟

江湘水路千秋远，舜帝灵魂日月天。
只怨洪峰常顾及，两妃鼓瑟又惊眠。

【典源】出自屈原《远游》："使湘灵鼓瑟兮，令海若舞冯夷。"唐尧的两个女儿，长名娥皇，次名女英，嫁给虞舜，为他的两个妃子。舜巡察南方，死于苍梧，两妃赶去，思念痛哭，也死于江湘之间，俗谓之湘君、湘夫人。

【典义】咏江湘风物；形容女子弹奏乐器。

【典词】帝女弦、帝子瑟、妃瑟泠泠、抚瑟、鼓瑟湘灵、魂断苍梧、琴怨等。

象罔得玄珠

赤水遗珠求象罔，无心得道乃神奇。

人间世事常迷雾，识宝何来天上知。

【典源】出自《庄子·天地》："黄帝游乎赤水之北，登乎昆仑之丘而南望，还归，遗其玄珠。使知索之而不得，使离朱索之而不得，使吃诟索之而不得也。乃使象罔，象罔得之。"象罔谓无心无形，可以得道。

【典义】指珍宝；指探求真道。

【典词】赤水之珠、黄帝之珠、失玄珠、象罔求珠、玄珠等。

鼋鼍梁

古集鼋鼍方架道，而今江海不愁桥。

沧桑已变千秋月，入地上天皆有招。

【典源】出自《竹书纪年》卷下：(周穆王) 三十七年大起九师，东至手九江，架鼋鼍以为梁，遂伐越至于纡。

【典义】形容架桥梁渡江海。

【典词】架鼋鼍、梁鼋栈鼍、鼍梁、鼋桥、征南巧架等。

玉东西

愁来怕见东西玉，只遣诗怀忆旧缘。

一树青桐变黄叶，夕阳半落已垂年。

【典源】出自宋·黄庭坚《次韵吉老十小诗》之六："佳人斗南北，美酒玉东西。"史容注：酒杯名。

【典义】指酒杯、酒器、酒。

【典词】东西玉、玉东西、玉西东等。

丰城龙剑

相传牛斗有灵光，缘自丰城宝剑藏。
朝野才华多隐没，再无紫气染玄黄。

【典源】出自晋·王嘉《拾遗记》。天上牛、斗有异气，是地下宝物的精气。丰城县掘出两柄宝剑后，牛斗不再显气。

【典义】形容宝贵珍奇之物或才能杰出之人；形容人才遭埋没等。

【典词】沉剑气、冲斗剑、冲天剑、冲星剑、动牛斗、斗冲剑气、斗间紫气、丰剑、丰匣、干牛斗等。

十、婚姻

望夫磊塔,青山作证。

牵牛织女

远古农耕半神话，牵牛织女变天仙。
诗吟七夕风情恋，也许人间寄月圆。

【典源】出自杜甫《牵牛织女》五言古诗："牵牛出河西，织女处其东。万古永相望，七夕谁见同……"民间传说阴历七月初七晚上喜鹊在银河上搭桥，让牛郎、织女在桥上相会，七夕日多雨正是他们哭泣的泪水。

【典义】比喻夫妻久别团聚。

【典词】牛郎、织女、双星、双星旧约、借鹊、牛郎织女、河鹊填桥、鹊桥、星桥等。

朱陈嫁娶

一村两姓交情结，嫁娶邻居世好求。
现代寻婚千里配，方知远隔也风流。

【典源】出自白居易《朱陈村》诗："徐州古丰县，有村曰朱陈。……一村唯两姓，世世为婚姻。……生者不远别，嫁娶先近邻。"

【典义】指互结婚姻，和美相处。

【典词】世好朱陈、羡朱陈、一村两姓、朱陈婚嫁、朱陈旧等。

乐昌破镜

风花雪月山盟后,法院门前挤破天。
多少新欢还旧爱,情钟不及乐昌缘。

【典源】出自孟棨《本事诗·情感》。徐德言娶陈后主之妹乐昌公主为妻,才色俱全,料国将亡夫妻离散,商定各持一半镜子以为以后重逢信物,后果重合。
【典义】形容夫妻分离后又团圆。
【典词】半镜、陈宫镜、分镜、合镜、镜约、乐昌镜、两分青镜等。

白头吟

相如引卓才琴拨,又另寻欢娶妾归。
自古凄凄多怨妇,白头吟唱叹余晖。

【典源】出自晋·葛洪《西京杂记》:司马相如将聘茂陵人女为妾,卓文君作《白头吟》以自绝,相如乃止。《白头吟》:"……凄凄复凄凄,嫁娶不须啼。愿得一心人,白头不相离……"
【典义】形容女子被抛弃后的悲哀之情。
【典词】白头曲、白头之叹、沟水流、白头词等。

柏舟之誓

素月分明柏舟誓,红尘浮世自清芳。

松风竹韵千秋颂，岂染丹心半点黄。

【典源】出自《诗经·鄘风·柏舟》毛诗序：柏舟，共姜自誓也。卫世子共伯早死，其妻守义，父母欲夺而嫁之，誓而弗许，故作是诗而绝之。

【典义】指女子守节不再嫁。

【典词】柏舟节义、柏舟誓守、柏舟之节、共姜誓、誓柏舟等。

别鹤操

夫君牧子情秋月，别鹤操琴泪断肠。
不幸人生有离异，妻心只恨打鸳鸯。

【典源】出自汉·蔡邕《琴操》曰：高陵牧子取妻无子，父母将改娶，牧子援琴鼓之，痛恩爱乖离，故曰别鹤操。晋·崔豹《古今注》：《别鹤操》，高陵牧子所作也。……将乖比翼隔天端，山川悠远路漫漫，揽衾不寝食忘餐。

【典义】指夫妻分离。

【典词】别操、别鹤、别鹤弄、愁别鹤、鸣怨鹤、憎别鹤等。

赤绳系足

两处红丝一线牵，还来系足种情田。

无须算命前生定，心心映月更长圆。

【典源】出自唐·李复言《续玄怪录》：韦固问（老人）囊中何物，曰："赤绳子耳！以系夫妻之足，及其生则潜用相系，虽仇敌之家，贵贱悬隔，天涯从宦，吴楚异乡，此绳一系，终不可逭。"……宋城宰闻之，题其店曰定婚店。

【典义】形容结为夫妻；指"月老"媒人。

【典词】赤绳、定昏店、红丝、系红丝、月老等。

汉皋解佩

仙女春情曾解佩，千秋颂此语纷纷。
人间婚事月圆梦，但有风花总是云。

【典源】出自《韩诗内传》。郑交甫游楚地，至汉皋台下，遇二女，心生爱慕，与言曰：愿请子之佩。二女与交甫，受而怀之。刚走十几步，佩不见，回顾二女也不见。

【典义】表示男女相爱，赠物传情。

【典词】楚佩、二女游、汉滨游女、汉皋遗珑、江浦佩、交甫佩等。

汉皇思故剑

自古新人伤妾意，何时故剑动夫心。
丝连藕断重圆镜，但愿今生抚旧琴。

【典源】出自《汉书·外戚传上》。汉宣帝年少娶许平君为妻，宣帝即位后，许平君为倢伃。是时，公卿议更立皇后，皆心仪霍将军女，亦未有言。上乃诏求微时故剑，大臣知指，白立许倢伃为皇后。

【典义】喻不忘旧日情爱。

【典词】故剑、求故剑、思故剑、汉皇思故剑、故剑相追等。

雀屏中选

曾经择婿千花样，更有金屏中雀成。
不见今朝此风味，婚姻已减故年情。

【典源】出自《旧唐书·高祖太穆皇后窦氏传》。窦后父亲窦毅谓长公主曰：此女才貌如此，不可妄以许人，当为求贤夫。乃于门屏画二孔雀，诸公子有求婚者，辄与两箭射之，潜约中目者许之。前后数十辈莫能中，高祖（李渊）后至，两发各中一目。毅大悦，遂归于我帝。

【典义】指选婿求婚。

【典词】金屏中选、孔雀屏风、屏开金孔雀、雀屏中选、中雀等。

投梭之拒

未知美目送秋波，却要小心防掷梭。

不可风情相凑合，轻佻难促两亲和。

【典源】出自《晋书·谢鲲传》："邻家高氏女有美色，鲲尝挑之，女投梭，折其两齿。时人为之语曰：任达不已，幼舆（谢鲲字）折齿。"
【典义】形容男女之间的情事。
【典词】防飞梭、投梭之拒、文梭掷幼舆、折齿梭等。

孤鸾镜里

那年节后雨纷纷，折柳江边泪别君。
镜里孤鸾空自对，终无一雁叫声闻。

【典源】出自南朝宋·范泰《鸾鸟诗序》。有一国王获一鸾鸟，甚爱之。欲其鸣而不致也。其夫人曰：尝闻鸟见其类而后鸣，何不悬镜以映之？王从其意，鸾睹形悲鸣，哀响中霄，一奋而绝。
【典义】喻情侣生离死别、孤独悲伤；咏女子妆镜。
【典词】悲鸾独影、飞鸾镜匣、分镜泣孤鸾、孤鸾、孤鸾舞镜、孤鸾向影、孤鸾照、镜鸾、绝孤鸾、鸾台等。

韩凭恨魄

韩凭恨魄长眠处，化作鸳鸯树上栖。
恩爱夫妻连理愿，千年梁祝唱凄迷。

【典源】出自晋·干宝《搜神记》。韩凭娶妻何氏，美，康王夺之。凭乃自杀，其妻乃阴腐其衣，王与之登台（台为青陵台），妻遂自投台下，左右揽之，衣不中手而死，衣片化蝶。后与凭合葬，化树交枝，两鸳鸯栖上。

【典义】喻男女坚贞不渝的爱情；借指蝴蝶、鸳鸯。

【典词】韩蝶、韩凭、韩凭舞羽、连理枝、双鸳、相思树、青陵粉蝶等。

琴挑文君

相如琴韵逗妻君，桃叶淮河古渡闻。
昔日爱情多烂漫，而今婚嫁取钱文。

【典源】出自《史记·司马相如列传》。司马相如字长卿，一次卓王孙宴请临邛令王吉和相如，相如先称病不去，后强往，一坐尽倾，酒酣，临邛令前奏琴曰，窃闻长卿好之，愿以自娱。是时，卓王孙有女文君新寡，好音，故相如挑琴曲《凤求凰》，文君窃窥，心悦好之，夜奔成都相如。

【典义】表现男女相思爱慕之情。

【典词】动文君、飞凰求匹、凤媒、锦里琴心、凤求凰、琴挑文君等。

望夫石

自古为妻同室梦，岂堪两地各床空。

望夫化石青山里，也有捣衣明月中。

【典源】出自南朝宋·刘义庆《幽明录》。武昌北山上有望夫石，状若人立，传云：昔有贞女，其夫从役，远赴国难，立望夫归而化为立石，因以为名焉。

【典义】表达女子对丈夫的忠贞和思念。

【典词】化石、化顽石、佳人望夫、妾身为石、山头化石、石立武昌等。

金屋藏娇

武帝风流金屋造，娇妻宠爱算高情。
若无举案相欢顾，多少皇妃泪满盈。

【典源】出自《汉武故事》。胶东王（刘彻，即位前封胶东王）数岁，长公主抱置膝上，问曰：儿欲得妇否？对曰：欲得。指其女：阿娇好否？笑对曰：好。若得阿娇作妇，当作金屋贮之。

【典义】形容宠爱妻妾；以"金屋"指后妃、妻妾的居处。

【典词】阿娇、阿娇金屋、藏娇屋、汉妃金屋、黄金屋、金屋宠等。

劳燕分飞

劳燕分飞各说辞，风花雪月景时移。

人生难走红尘路，争奈夫妻向背离。

【典源】出自《东飞伯劳歌》："东飞伯劳西飞燕，黄姑织女时相见。谁家女儿对门居，开颜发艳照里闾。"注：伯劳即伯劳鸟。

【典义】喻夫妻、情侣、家人等分离。

【典词】伯劳东去、伯劳飞燕、东劳西燕、劳燕西东等。

操舂举案

旧闻一臼操舂米，赢得情开嫁女心。
已是人妻甘淡饭，齐眉举案更佳音。

【典源】出自《东观汉记·梁鸿》。孟氏女，容貌丑而有节操，多求之，不肯，父母问其所欲，曰："得贤婿如梁鸿者。"（梁鸿字伯鸾）闻乃求之。女椎髻著布衣，操作具而前。鸿大喜曰："此真梁鸿妻也，能奉我矣！"字之曰德曜，名孟光。……梁鸿隐居深山，每日为人操舂米，妻为具食，不敢于鸿前仰视，举案常齐眉。生伯通察而异之，曰："能使其妻敬之如此，非凡人也。"《后汉书·梁鸿传》亦载。

【典义】形容夫妻互敬，妻贤知礼；用"孟光"指贤妻、妻子。

【典词】案举齐眉、避地梁鸿、伯鸾舂、伯鸾寄食、操舂举案、鸿春、鸿妇、举案、梁鸿隐、孟光、孟光举案、孟光眉、孟光贤等。

秦嘉镜

无妨解佩萌生恋,应效钗盟婚后情。
一世夫妻心永结,风霜雨雪任纵横。

【典源】东汉秦嘉(字士会),陇西人,在外为郡掾。其妻因病还家,两人未及面别。秦嘉《重报妻书》曰:间得此镜,形观文彩,世所希有,意甚爱之,故以相与。其妻《又报嘉书》曰:既惠音令,兼赐诸物,厚顾殷勤,镜有文彩之丽,钗有殊异之观。出于非望。

【典义】形容夫妻感情深厚,互相体贴。

【典词】重盟镜约、待秦嘉、镜盟、镜约钗盟、秦家镜等。

十一、亲族

兄弟分家,久而成邻。

东床坦腹

未必王郎坦腹真，龙蛇舞动笔形神。
风流人物须才气，至会逢时集一身。

【典源】出自晋·王隐《旧晋书》。王羲之幼有风操。郗鉴闻王氏诸子皆俊，令使选婿。诸子皆饰容以待客，羲之独坦腹东床，啮胡饼，神色自若。鉴曰：此真吾子婿也。《晋书·王羲之传》亦载。

【典义】指女婿、选婿。

【典词】登床婿、东床快婿、东床腹、露腹、坦腹床、卧床东等。

窦家丹桂

窦门多子福齐堂，丹桂五枝千古香。
若是无才难识面，家声岂会继芳长？

【典源】出自宋·文莹《玉壶清话》卷二：窦禹钧生五子，相继登科，冯道赠禹钧诗：灵椿一树老，丹桂五枝芳。时号窦氏五龙。

【典义】称颂他人父子。

【典词】椿桂、丹桂、窦桂、窦家椿、窦家五桂、窦树等。

弓裘袭艺

古有弓裘相袭艺,家声家业自连天。
能成匠手无涯际,应效先贤学道传。

【典源】出自《礼记·学记》:"良冶之子,必学为裘;良弓之子,必学为箕。"
【典义】形容父子相传家业。
【典词】弓箕、弓裘、弓冶、箕裘、良弓良冶、袭良弓等。

马氏白眉

吾家亦有五兄弟,缺憾无人生白眉。
却喜相亲同手足,门风自蔚各相宜。

【典源】出自《荆州先贤传》。马良字季常,襄阳宜城人。兄弟五人,皆有令名。良眉中有白毛,乡里颂曰:"马氏五常,白眉最良。"
【典义】指兄弟;也称兄弟中出众的人。
【典词】白眉、白眉良、白良人、扶风最良、眉白等。

孟母迁邻

择友常思相善往,移居应效孟三迁。
人生造化关环境,取向成才不可偏。

【典源】出自汉·刘向《列女传》。孟轲之母也,号孟母。其舍近墓,孟子嬉游为墓间之事,母曰:这地方对孩子没好处。舍市旁,其嬉戏为贾人炫卖之事,母又曰:住这地方对孩子没好处。复徙,舍学宫之旁。其嬉游乃设俎豆,揖让进退。遂居之。及孟子长,学六艺,终成大儒之名。

【典义】指教子有方;也指好邻居。

【典词】卜邻、慈母三迁、孟邻、三迁、三徙、三徙成教、择邻等。

三珠树

未见三珠何谓树,却观王勃作文奇。
风光楚丽才情驻,自有名声入化时。

【典源】出自《山海经·海外南经》:三株树在厌火北,生赤水上,其为树如柏,叶皆为珠。《初学记》作"三珠树"。《旧唐书·王勃传》:王勃三兄弟,才藻相类。父友杜易简常称之曰:"此王氏三珠树也。"

【典义】赞美他人著作或兄弟才华。

【典词】连珠树、攀珠树、珠树、珠树三株等。

姜肱之睦

依稀梦里弟魂来,照旧音容笑眼开。
昔日如同姜共被,而今肠断泪悲摧。

【典源】出自《后汉书·姜肱列传》。姜肱字伯淮，家世名族，肱与二弟友爱情笃，常共被而寝。

【典义】形容兄弟友爱和睦。

【典词】共被、共被之欢、魂依姜被、姜被、姜肱之睦等。

蓼莪废讲

重泉先考犹容在，废讲蓼莪难断思。
每到家山蒿里祭，念恩已晚孝空为。

【典源】出自《晋书·王裒传》。王裒少立操尚，行己以礼。不臣朝廷，隐居教授，他每读《蓼莪》中"哀哀父母，生我劬劳"一段，总是痛哭不已，干脆废去这一篇不讲。

【典义】表现对父母的追念伤悼。

【典词】废蓼莪、洒泪蓼莪、生徒废蓼莪、王裒泣血、蓼莪开卷悲等。

田家紫荆

吾家兄弟相依切，到老未曾分户居。
旧院荆阴繁茂盛，十乡八里道传誉。

【典源】出自周景式《孝子传》。古有兄弟，忽欲分异。出门见三荆同株，接叶连阴，叹曰：木犹欣聚，况我而殊哉？还为雍和。吴均《续齐谐记》：京兆田真兄弟三人，共议分财，生赀皆为平均，唯堂前一株紫荆树，也欲破三片分之。次日见树枯死，田真见之大惊，谓诸弟：树本同株，闻将分斫，所以

憔悴，是人不如木也。于是不分家，树应声荣茂。

【典义】形容兄弟和睦共处。

【典词】摧紫荆、荆树有花、荆阴、三荆、田荆等。

椒花颂春

如今爆竹寻常放，不见椒花颂好春。
本色岂能抛脑后，千秋美德应传薪。

【典源】出自崔寔《四民月令》。正月之旦，进酒降神毕，室家无大小，次坐先祖之前，子孙各上椒酒于其家长，称觞举白。

【典义】祝颂新年、新春。

【典词】椒花颂、椒颂、颂椒、颂椒花等。

菽水承欢

知恩养育双亲老，应学羊儿跪乳行。
敬奉并非丰厚意，承欢菽水也关情。

【典源】出自《礼记·檀弓下》：子路曰："伤哉，贫也。生无以为养，死无以为礼也。"孔子曰："啜菽饮水，尽其欢，斯之谓孝。"

【典义】形容晚辈奉养长辈，对其尽孝，使其快乐。

【典词】承欢菽水、啜菽之欢、菽水、菽水亲供等。

十二、友情

蒹葭苍苍,白露为霜。

金兰之好

别校依稀不惑年，人生花甲一轮天。
侨中共结金兰契，缘定今春续旧篇。

【典源】出自《周易·系辞上》："二人同心，其利断金；同心之言，其臭如兰。""臭"通"嗅"。
【典义】指诚挚投合的友情。
【典词】断金、结金兰、金兰、金兰好、金兰友等。

子猷访戴

思人会友寻常事，礼数何须计顾全。
只要冰心似明月，千秋访戴自佳传。

【典源】出自裴启《语林》。王子猷居山阴，大雪夜，眠觉，开室酌酒，四望皎然，因起彷徨，咏左思《招隐诗》。忽忆戴安道，时戴在剡溪，即便夜乘轻船就戴。经宿方至，既造门，不前便返。人问其故，王曰：吾本乘兴而行，兴尽而返，何必见戴？
【典义】形容思友、访友；也形容人放达逸情；咏雪、雪夜。
【典词】乘兴船、乘兴王猷、春雪棹、返棹、访戴船、回舟剡溪、扁舟雪夜等。

班荆道故

交情是否见班荆,道故无须浊酒清。
不怕真金火中炼,孤蓬难里亦同行。

【典源】出自《左传·襄公二十六年》。楚国伍举(又名椒举)与声子相善也。伍举因送王子牟逃亡而获罪,逃亡郑国,将遂奔晋。声子将如晋,两人遇于郑郊,班荆相与食,而言复故。
【典义】形容老朋友途中相遇,共话旧谊。
【典词】班荆、席地班荆、感椒举、班荆道旧等。

半面之识

黄尘道上常迷眼,更有风霜雨雾天。
若记人家曾半面,难能携手担同肩。

【典源】出自三国吴·谢承《后汉书》。后汉应奉二十岁时,尝去彭城拜望袁贺。袁不在,一位造车匠人开门露半面视奉,奉即离去。后数十年于路见车匠,识而呼之。
【典义】形容相交不深或记忆力好。
【典词】半面、半面曾记、半面之旧、半面相看等。

车笠盟

中华礼数千秋月,识面交心质朴淳。

更有乘车盟戴笠，于君相敬视如宾。

【典源】出自周处《风土记》：越俗性率朴，初与人交有礼，封土坛，祭以犬鸡，祝曰：卿虽乘车我戴笠，后日相逢下车揖。我步行，卿乘马，后日相逢君当下。

【典义】形容友谊深厚，不因身份改变而变化。

【典词】车笠、车笠盟、乘车戴笠、下车揖等。

陈雷胶漆

胶漆虽牢未裂时，陈雷日久俩难离。

金兰契合情尤切，应效先贤志不移。

【典源】出自《后汉书·独行列传》。陈重少时与雷义为友，俱学《鲁诗》《颜氏春秋》。太守荐举陈重孝廉，陈重以让雷义；第二年，雷义被举孝廉，后来又被举茂才，让于陈重，刺史不听，雷义假装疯病，不接受荐举。乡里为之语曰：胶漆自谓坚，不如雷与陈。

【典义】形容友谊牢靠。

【典词】陈雷、交情陈雷、胶漆契、投胶、投漆等。

风月思玄度

此处微尘都不染，清风朗月忆君还。

眼前难见雄才客，玄度一生谁可攀？

【典源】出自《世说新语·言语》：清风朗月，辄思玄度。《晋中兴士人书》曰：许珣（字玄度）能清言，于时士人皆钦慕仰爱之。

【典义】指思念友人；形容议论出众，善于清谈。

【典词】惭玄度、思玄度、逢玄度、清风朗月、玄度得相寻等。

裹饭念子桑

丝雨连天情念旧，子桑可否食无忧。
人生难得知音客，应效舆君善待酬。

【典源】出自《庄子·大宗师》。子舆与子桑友，而霖雨十日。子舆曰：子桑殆病矣！裹饭而往食之。至子桑之门，则若歌若哭，子舆问曰：何故若是？对曰：天地岂私贫我哉？穷至此极者，命也夫！

【典义】形容真挚的感情，思念友人；形容生活贫困。

【典词】裹饭交、人穷到子桑、桑舆、子桑苦寒饥、子桑愁等。

陈蕃悬榻

历朝举荐乃恭贤，也有红尘不结缘。
无奈陈蕃悬一榻，人间情义古难全。

【典源】出自三国吴·谢承《后汉书》：徐稚字孺子，豫章人。家贫常自耕稼，恭俭义让，所居服其德，屡辟公府不起。时陈蕃为太守，以礼请署功曹，稚不免之，既谒而退。蕃在郡不接宾客，唯稚来特设一榻，去则悬之。后举有道，拜太原太守，皆不就。

【典义】形容敬贤礼士之人或宾主交情深厚。

【典词】陈蕃解榻、陈蕃榻、陈公贤榻、陈榻、拂榻、高人榻、高悬一榻、挂榻、郡榻尘、设榻、榻忆徐稚等。

倒屣延宾

谁比蔡邕才学著？却能倒屣引王生。
人间接物千般状，最喜延宾雅量情。

【典源】出自《三国志·魏书·王粲传》："献帝西迁，粲徙长安，左中郎将蔡邕见而奇之。时邕才学显著，贵重朝廷，常车骑填巷，宾客盈坐，闻粲在门，倒屣迎之。粲至，年既幼弱，容状短小，一坐尽惊。"

【典义】形容主人热情待客，宾主情意相投。

【典词】倒屣、倒屣迎宾、倒迎门屣、登门倒屣、引王等。

范叔绨袍

范叔遭疑忍痛声，绨袍一赠念交情。
人间若有相怜共，岂怕风吹激浪澎。

【典源】出自《史记·范雎列传》。魏国范雎曾接受齐国礼物，被须贾怀疑私通齐国，遭毒打，出逃秦国。范雎既相秦，秦号曰张禄，而魏不知。魏闻秦且东伐韩、魏，魏使须贾于秦。范雎闻之，为微行，敝衣间步之邸，见须贾。须贾见之而惊曰：范叔一寒如此哉！乃取其一绨袍以赐之。须贾既知范雎即秦相张禄，乃大惊，肉袒膝行，因门下人谢罪。范雎曰：汝罪有三耳……然公之所以得无死者，以绨袍恋恋，有故人之意，故释公。

【典义】表现不忘旧日交情；形容人贫困时友人的同情与馈赠。

【典词】范寒、范叔寒、范叔袍、怜范叔、恋恋绨袍、绨袍、绨袍故、绨袍情等。

管鲍之交

采葵不可伤根处，结友岂堪羞以贫。
管鲍深交何所恃？心灵相照是成因。

【典源】出自《列子·力命》。管仲字夷吾，曾感叹，少时穷困，与鲍叔牙经商，多分吾钱财，而且知吾不是贪财，是因为太穷。吾为鲍叔办事办得不好，知吾不是笨，是因为时机有异。……反正不管做什么，都能理解。

【典义】指彼此知心，友谊深厚。

【典词】鲍叔知、分金管鲍、管鲍、管鲍情、深知在叔牙等。

旧雨今雨

知交故友堪回忆,何愿今时待以前。
总有人情新旧雨,管他淡薄自悠然。

【典源】出自杜甫《秋述》:"秋,杜子卧病长安旅次,多雨生鱼,青苔及榻。常时车马之客,旧,雨来;今,雨不来。"
【典义】"旧雨"指旧交老友;"今雨"指新交朋友。
【典词】杜苔新雨、今旧人情、今雨、旧雨、旧雨新知等。

山阳邻笛

冬至寒风枯草黄,何人横笛似山阳。
悲情涌上难言尽,忆弟怀思泪水汪。

【典源】出自《晋书·向秀传》。向秀与嵇康意气相投,友谊深厚,他们又一同与吕安在山阳隐居。后来嵇与吕同时被司马昭所杀。向秀路过山阳嵇康旧居时,忽闻邻人吹笛,笛声凄婉,感音而叹。
【典义】表现追昔怀旧,感念故友;或指凄婉的笛声。
【典词】笛吟乡里、风悲笛、赋山阳、横笛似山阳、邻笛、邻人吹笛等。

琼玖酬篇

信有人间恩义重,酬桃报李贵真情。

何须耻愧无琼玖，好物不如心月明。

【典源】出自《诗·卫风·木瓜》：投我以木李，报之以琼玖。匪报也，永以为好也。

【典义】表现相互赠答，称人之馈赠。

【典词】报琼、报琼瑶、酬琼玖、赋木瓜、答瑶琼、木李投君等。

十三、情感

但愿人长久，千里共婵娟。

杞人忧天

边关鬼魅纷纭顾，路上行人各说忧。
信有朝中高远见，杞天坠地只空投。

【典源】出自《列子·天瑞》：杞国有人忧天地崩坠，身亡所寄，废寝食者。
【典义】指不必要的忧虑。
【典词】杞国痛天摧、杞国之忧、杞人忧、杞天崩、杞忧、青天坠等。

爱屋及乌

憎溪厌食其中蟹，爱屋无嫌壁上乌。
如此分明推及物，由来论道一何愚？

【典源】出自《尚书大传·大战》："纣死，武王皇皇若天下之未定。召太公而问曰：入殷奈何？太公曰：臣闻之也，爱人者兼其屋上之乌，不爱人者及其胥余，何如？"《太公六韬》亦载。
【典义】形容因喜爱某人而随之喜爱与他有关的事物。
【典词】爱及屋乌、人好乌好、同瑞周王屋、屋上乌、誉乌等。

敝帚千金

家中敝帚留余地，纵是千金不忍移。
造物虽微有深意，人人自备绝尘时。

【典源】出自《东观汉记·光武皇帝》。光武帝闻之，下诏曰：城降，婴儿老母，口以万数，一旦放兵纵火，闻之可为酸鼻。家有敝帚，享之千金。
【典义】指珍爱自己的东西；也以敝帚自谦。
【典词】敝帚、敝帚自享（珍）、破敝帚、千金敝帚等。

登车揽辔

阴阴败草腥风味，犹适苍蝇喜乱飞。
反腐澄清天下志，还须揽辔荡尘微。

【典源】出自晋·司马彪《续汉书》。范滂字孟博，厉清节，为州所服，举孝廉。当时冀州饥荒，盗贼群起，朝廷派他去视察，登车揽辔，大有澄清天下气概。
【典义】表示人有济世报国之志。
【典词】澄清之辔、登车揽辔、登车孟博、登车之志、揽辔澄清志、自期如孟博等。

咄咄书空

云间日月无居定，悬景圆光万象移。

怪事千奇随运变，书空咄咄老天知。

【典源】出自《世说新语·黜免》：殷浩被废，在信安，终日恒书空作字，扬州吏民寻义逐之，窃视，唯作"咄咄怪事"四字而已。

【典义】形容内心怨愤，难以表达；指事物令人惊讶。

【典词】怪事咄咄、浩书空咄、嗟咄咄、书咄咄、书怪、书怪事、书空、书空独语、向空书字等。

风声鹤唳

曾经老虎满山行，四野苍蝇百姓惊。
西苑龙泉今出鞘，闻风鹤唳怕来兵。

【典源】出自《晋书·苻坚载记》。前秦主苻坚攻东晋受阻，登城观望，八公山上草木，皆类人形，疑兵，怃然有惧色，苻坚受伤逃跑，闻风声鹤鸣，皆谓晋师之至。

【典义】形容人惊慌疑惧，自相惊扰。

【典词】八公草木、草木成兵、草木风、风鹤、风鹤惊心、鹤唳兵、唳鹤、闻鹤等。

藁砧刀头

山外藁砧何处寻，家中妻子苦忧心。
几时归燕经常见，夜盼刀头月下吟。

【典源】出自《汉书·李广传》。使者见李陵，未得私语，频抚刀环以示，暗示他可以还归汉朝。又古诗言女子思夫之意，通篇用隐语表达。其中藁砧指丈夫，因为藁砧上用斧头来剁，斧谐音"夫"。刀头有刀环，"环"谐音"还"。

【典义】形容女子思念丈夫，盼其归还；形容思念友人，望其归来。

【典词】唱刀环、大刀诗意、大刀头、刀环、刀环约、刀头、刀头飞镜、藁砧归、梦刀环等。

公田种秫

青衫穿破心机息，更想鲈鱼脍味香。
也效耕田全种秫，吟诗作酒任疏狂。

【典源】出自萧统《陶渊明传》。陶渊明为彭泽令。陶将公田全种秫，好酿酒，妻求种粳，后才让二顷五十亩种粳，五十亩种秫。

【典义】形容人喜饮酒，超脱不俗。

【典词】得秫、耕田种秫、公田之黍、酿秫、彭泽田、秫田二顷、陶令秫酒、效陶种秫等。

河梁携手

千年送别情难断，咏了长亭又短亭。
最是河梁携手处，肝肠十九忆曾经。

【典源】苏武出使匈奴被扣,持节牧羊十九年后归汉。临行前降匈奴的李陵以诗相赠,携手河梁送别。汉·李陵《与苏武》诗:"携手上河梁,游子暮何之?徘徊蹊路侧,悢悢不得辞。"

【典义】咏送别之情。

【典词】河梁别、河梁之句、河桥送别、李陵悲、秋风之别、上河梁等。

黄雀衔环

羊羔跪乳尚知恩,黄雀衔环谢救援。
禽合人间真境界,自然万物有情源。

【典源】出自干宝《搜神记》。汉代杨宝,九岁时至华阴山北,见一黄雀坠于树下,为蝼蚁所困,就带回家养护,百余天伤好。一夕三更,宝读书未卧,有黄衣童子,向宝再拜,乃以白环四枚与宝。

【典义】表示知恩报恩。

【典词】白环报、白环报恩、报恩环、黄雀谢恩、黄雀知恩、衔环等。

金谷堕楼人

污吏从中祸水流,情场同味自相投。
眼前反腐惊天地,也有红颜学堕楼。

【典源】出自《世说新语·仇隙》。石崇有妓人绿珠，美而工笛，孙秀使人求之，石不肯，秀怒，假传诏令去捕石崇，石崇见状对绿珠曰：我今为尔得罪。绿珠泣，自投于楼下而死。

【典义】感慨红颜薄命等。

【典词】爱妾坠楼、堕楼、妾堕楼、石家楼、珠沉金谷、坠楼酬恩等。

骊歌促别

风尘望断唱骊歌，促别声声感慨多。
一树桑榆西日照，余霞无限又如何？

【典源】出自《汉书·王式传》。王式精通《诗经》，受人推荐至京都博士。江公心妒王式，在欢迎王式的酒宴上，对乐人曰：唱《骊驹》。王式曰：闻之于师，客人辞归时唱《骊驹》。知被冷遇，于是告病回乡。

【典义】表示离别；指遭到冷遇，被迫离去。

【典词】唱骊歌、促骊歌、赋骊驹、歌骊、骊唱等。

李斯忆黄犬

华亭叹后忆东门，并入朝中感事冤。
皆笑红尘能看破，依然万马向前奔。

【典源】出自《史记·李斯列传》。秦丞相李斯，上蔡人，

被诬告入狱，临刑见儿，对他曰："吾欲与若复牵黄犬，俱出上蔡东门逐狡兔，岂可得乎？"遂父子相哭。

【典义】感慨仕途险恶，蒙冤受害，追悔莫及。

【典词】悲东门、悼上蔡、东门狗、东门黄犬、东门逐兔、黄犬悲、叹黄犬等。

令公怒喜

胡须重得参军事，身短封为主薄官。
试问红尘何鬼怪？才华埋没士心寒。

【典源】出自《世说新语·宠礼》：王珣状短小为主簿，郗超多须为参军。于是荆州为之语曰："髯参军，短主簿。能令公喜、能令公怒。"

【典义】形容能左右人的感情，让人欣喜或恼怒。

【典词】短簿怒吾公、令公怒、令公喜、髯参短簿等。

鲁戈回日

人生花甲一轮回，浑堕虞渊晚景催。
倒日挥戈已无力，余晖但乞映书台。

【典源】出自《淮南子·览冥训》。鲁阳公与韩构难，战酣日暮，援戈一挥，太阳倒退三舍，返回三天运行。

【典义】形容人气概豪壮；或感慨光阴流逝，希望时光回转。

【典词】抽戈挥、奋鲁阳、戈挥景、戈挽日、挥戈、挥日等。

埋忧无地

看似山河云彩出，春光满意数风流。
九州乐土红尘滚，无地埋忧便是愁。

【典源】出自《后汉书·仲长统传》。东汉仲长统性情豪爽，敢于直言，人称狂生，曾言：百虑何为，至要在我，寄愁天上，埋忧地下。

【典义】形容排遣忧愁、苦闷。

【典词】地埋忧、埋愁地、无地埋忧、殷忧阙地埋、忧寄上天等。

送君南浦

南浦送君成典范，长亭折柳习风仪。
古人离别深情厚，今日有谁如此为？

【典源】出自屈原《九歌·河伯》："子交手兮东行，送美人兮南浦。"江淹《别赋》："送君南浦，伤如之何。"

【典义】表现送别的情怀。

【典词】别恨抛深浦、别君南浦、别浦、断肠南浦、江淹赋别等。

白云亲舍

孤蓬千里月明时，不见白云亲舍垂。
是否家慈倚栏望，吾心已在故乡思。

【典源】出自刘肃《大唐新语》。阎立本荐狄仁杰为并州法曹。其亲在河阳别业，仁杰赴任，于并州登太行，南望白云孤飞，谓左右曰：吾亲所居，近此云下！悲泣，伫立久之，候云移乃行。

【典义】形容客居异地，思念故乡亲人。

【典词】白云怀故乡、白云行处、亲舍云、思亲舍、望云人、心逐白云等。

班姬题扇

自古伴君如伴虎，犹悲题扇怨歌行。
春风移节常无奈，月缺月圆难久明。

【典源】出自《汉书·外戚传下》。汉成帝时，赵飞燕姊妹入宫，备受宠幸，班婕妤及许皇后皆失宠。许皇后坐废，班婕妤恐久见危，求共养太后长信宫，上许焉。班婕妤写有《怨歌行》诗，抒发冷落之哀怨。

【典义】形容失宠遭冷遇，表达哀怨之情；咏扇等。

【典词】班姬扇、班姬素纨、班女扇、悲婕妤、悲秋扇、婕妤团扇等。

包胥哭秦庭

传闻楚帝常无道,却有贤臣哭泣秦。
面对家亡悲国破,江山总是盼青春。

【典源】出自《史记·伍子胥列传》。春秋时,吴破楚,包胥走秦告急,求救于秦。秦不许,包胥立于秦庭,昼夜哭,七日七夜不绝其声。秦哀公怜之,曰:楚虽无道,有臣若是,可无存乎?乃遣车五百乘救楚击吴。

【典义】表现忠心报国之人;形容家亡国破之愤情。

【典词】包胥救楚、包胥血、救楚、哭秦廷、申胥泣血、首碎秦庭等。

髀里肉生

髀肉丰匀悲岁老,人间世路到终程。
前无进取功名落,怨语忧言已过声。

【典源】出自《九州春秋》。刘备住荆州数年,尝于刘表坐起至厕,见髀里肉生,慨然流涕。还坐,刘表怪问,刘备曰:吾常身不离鞍,髀肉皆消。今不复骑,髀里肉生。日月若驰,老将至矣,是以悲耳。

【典义】形容人长期安逸,壮志消磨,无所事事。

【典词】髀满、髀肉、髀肉生、抚髀、生髀肉等。

东风马耳

朝中纸墨碧纱盖，野外东风马耳听。
惯看诗言如淡水，心无竞进任浮萍。

【典源】出自李白《答王十二寒夜独酌有怀》："……吟诗作赋北窗里，万言不直一杯水。世人闻此皆掉头，有如东风射马耳。"
【典义】指淡然置之，不以为然，漠不关心。
【典词】东风打耳、马耳、马耳春风、马耳风等。

鸿飞冥冥

开到楝花春事了，此时梅子正青酸。
心期已在南山下，学会鸿飞避弋安。

【典源】出自扬雄《法言·问明》。有人问君子，治世、乱世如何做，曰：都像凤凰。治则见，乱则隐。鸿飞冥冥，弋人何篡焉。
【典义】形容志向高远；形容远祸避害。
【典词】避弋、高鸿、高鸿避弋、歌鸿冥、鸿避弋、冥飞无迹等。

宋玉悲秋

气象寒秋常落木，年华老去更凋零。

虽无宋玉悲文赋，却有清杯对月灵。

【典源】出自宋玉《九辩》："悲哉秋之为气也！萧瑟兮草木摇落而变衰。……皇天平分四时兮，窃独悲此凛秋。"
【典义】形容悲凉秋色；也形容感伤年华易逝。
【典词】悲落木、悲秋气、悲秋宋玉、楚客悲、惊摇落、宋玉情怀、一秋悲等。

荣公三乐

宦海浮生船到岸，归休野外景幽探。
无关世事游哉客，胜比荣公乐有三。

【典源】出自《列子·天瑞》。孔子游太山，见荣启期行乎郕之野，鹿裘带索，鼓琴而歌。问曰，先生所以乐，何也？对曰，吾得为人一乐也，以男为贵二乐也，行年九十矣三乐也。
【典义】形容人达观处世，不以贫富、贵贱、生死为念。
【典词】带索荣、老带索、鹿裘、启期乐、荣公言有道、荣乐、三乐等。

陶琴不须弦

轻松可乐常哼曲，何必劳弦弹奏声。
应效陶琴横一设，朋来有酒错交觥。

【典源】出自萧统《陶渊明传》:"渊明不解音律,而蓄无弦琴一张,每酒适,辄抚弄以寄其意。"但识琴中趣,何劳弦上声。

【典义】形容人意趣高雅,怀抱不俗,自得其乐。

【典词】徽弦不具、靖节琴、彭泽横琴、琴无弦、陶琴不须弦等。

濠上观鱼

濠上观鱼莫笑痴,春风不解雁南辞。
乡心盼见明朗月,睹物生情自个知。

【典源】出自《庄子·秋水》。庄子与惠子游于濠梁之上,庄子曰:鱼出游从容,是鱼之乐。惠子对曰:子非鱼,安知鱼之乐?

【典义】形容人寄情物外,逍遥快乐。

【典词】观濠、观乐、观鱼、濠梁乐、濠上乐、濠上鱼、窥鱼、知鱼、子固非鱼等。

十四、道德

枯木不受春，骨气向天存。

拔薤威名

欣闻学友登庸仕,不见前来置水看。

但愿君能多拔薤,威名扬震吏曹坛。

【典源】出自《东观汉记》。庞参字仲达,拜汉阳太守。去拜访高士任棠,任棠不与交谈,但以薤一本,水一杯,置户屏前,自抱孙儿伏于户下。庞参思良久,曰:"棠是欲晓太守也。水者,欲吾清也。拔大本薤,欲吾击强宗也。抱儿当户,欲吾开门恤孤也。"于是叹息而还。

【典义】表达地方官惠政爱民,清明廉洁,打击豪强。

【典词】拔薤、清不置水、任棠水、庭前置水、薤水等。

班姬辞辇

古有班姬明大礼,劝君割爱辇同登。

常听世道随夫贵,沐浴春风共享乘。

【典源】出自《汉书·外戚传下》:"成帝游於后庭,尝欲与倢伃同辇载,倢伃辞曰:观古图画,圣贤之君皆有名臣在侧,三代末主乃有嬖女,今欲同辇,得无近似之乎?上善其言而止。"

【典义】称颂后妃贤德识礼。

【典词】避辇、辞辇、辞辇之诚、割欢同辇、共辇、让辇等。

抱关萧生

随乡入俗寻常事,却见萧生守礼冠。
人在江湖何苦尔?可堪一世抱关寒。

【典源】出自《汉书·萧望之传》。汉宣帝时,萧望之被推荐给霍光。霍光为防行刺,进见者均被搜身,并由两武官挟持。望之独不肯,认为这不符礼贤下士之意。霍光便不用他。三年后,别人已做了大官,他却还是个看门的小官。有人说他不肯顺从听话,只好看门。他回答:"人各有志。"

【典义】表现人不肯屈节,甘守贫贱。

【典词】抱关、抱关叟、东门抱关吏、门前故人等。

不饮盗泉

居官李下瓜田处,犹在阴栖恶木枝。
只有冰心秋月白,盗泉不饮奈何疑?

【典源】出自《尸子》:"(孔子)过于盗泉,渴矣而不饮,恶其名也。"盗泉,古泉名。

【典义】指回避丑恶事物,为人廉洁。

【典词】盗泉、盗泉水、盗泉一饮、渴辞盗泉等。

沧浪濯缨

风萧泽畔渔夫唱,忽觉人间众醉生。

世俗尘埃如不濯，沧浪浊后岂清缨。

【典源】出自《楚辞·渔父》。屈原曰："举世皆浊我独清，众人皆醉我独醒，是以见放。"渔翁笑，歌曰："沧浪之水清兮，可以濯我缨，沧浪之水浊兮，可以濯我足。"遂去，不复言。

【典义】表示高风洁行，避世脱俗；或随波逐流，与世浮沉。

【典词】哺糟、沧浪咏、沧浪之歌、尘缨欲濯、独醒屈子、独醒人、论浊清、屈原醒、孺子歌、渔父笑等。

姹女数钱

莫笑河间姹女人，临朝筑屋数赃银。
传闻老虎云端算，一夜连城可刮贫。

【典源】出自《续汉志》。桓帝之初，京都童谣曰：车班班，入河间。河间姹女工数钱，以钱为室金为堂，财富虽多犹不足，使人舂粟吃黄粱。

【典义】形容人贪恋钱财；也以"姹女"指婢女。

【典词】工姹女、河间姹、河间钱、河间数钱、妖姬惯数钱等。

胡椒八百斛

谁家一屋孔兄郎，又是胡椒八百藏。

近看贪官书启录,方知老虎恶于唐。

【典源】出自《新唐书·元载传》。籍其家,钟乳五百两,诏分赐中书、门下台省官,胡椒至八百石,它物称是。贪赃枉法,后被治罪赐死。

【典义】指贪赃枉法,聚敛钱财。

【典词】八百斛、藏椒八百斛、计斛蓄胡椒、元载之祸等。

苌弘化碧

人间正道也无奈,埋血三年化碧成。
世上忠臣诚可贵,千秋陷者几除名?

【典源】出自《庄子·外物》:"苌弘死于蜀,藏其血,三年而化为碧。"成玄英疏:苌弘受人诬陷剖腹自杀,其血三年后化为碧玉,乃精诚之至也。

【典义】形容忠臣义士为保守节操而死等。

【典词】碧化、碧血、藏碧、苌弘碧、苌弘血、化碧、化苌弘、千年碧、化血三年等。

悬鱼太守

豪门若市时常有,媚世趋炎自古多。
难得悬鱼清太守,一生堂静乐呵呵!

【典源】出自《后汉书·羊续传》：府丞尝献其生鱼，续受而悬于诞；丞后又进之，续乃出前所悬者以杜其意。

【典义】称颂官吏廉洁。

【典词】厨有悬鱼、府丞鱼、悬枯、悬鱼绝、一鱼不受等。

大树将军

每逢诸将论功来，冯异谦和总避开。
漫说勋章千万个，谁知大树忆军才？

【典源】出自《太平御览》引《东观汉记》。冯异字公孙，为人谦退，每诸将论功伐，就避于树下，军中号"大树将军"。

【典义】形容将领为人谦和，论功不争。

【典词】辞功坐树、大树之功、大树之号、冯异大树、将军大树、思冯异等。

斗酒彘肩

彘肩剑切鸿门宴，斗酒豪情似海深。
常在江湖风雨渡，还须要有一樊心。

【典源】出自《史记·项羽本纪》。项羽在鸿门设宴请刘邦，席上项庄舞剑欲杀刘，情势危急，樊哙持盾闯入，怒发上指。项羽赐樊哙斗酒和生猪腿，樊哙一饮而尽，将猪腿用剑切着吃，表示决不怕死。

【典义】形容人言行豪壮，勇敢无畏。
【典词】鸿门一彘肩、咀彘肩、彘肩酒、彘肩卮酒等。

翻云覆雨

天象炎凉随气变，翻云覆雨掌心生。
世情反复无常道，此事人间数不清。

【典源】出自《史记·陆贾列传》。汉高祖派陆贾出使南越，进劝降汉，说汉军灭你，如同手翻覆容易。杜甫《贫交行》诗：翻手作云覆手雨，纷纷轻薄何须数。
【典义】形容反复无常；也形容耍弄手腕。
【典词】翻覆手、覆手云雨、手翻覆、雨覆云翻等。

风树之叹

百善谁先归一孝，天经地义感恩情。
平生莫过皋鱼叹，树静风吹泪水横。

【典源】出自《韩诗外传》。孔子出行，闻哭声甚悲，问其故，皋鱼曰：吾失有三，少而好学，周游诸侯，以殁吾亲，失之一也。高尚吾志，简吾事，不事庸君，而晚事无成，失之二也。与友厚而中绝之，失之三矣。夫树欲静而风不止，子欲养而亲不待，往而不可追者年也，去而不可得见者亲也。吾请从此辞矣！

【典义】表现怀念父母；感叹未能尽孝。

【典词】风木悲、风木叹、风树、风无静树、风枝、皋鱼风木、树风增叹等。

官蛙晋惠

古有官蛙拨口粮，谁闻百姓忍饥肠。
江山易改人依旧，是否仁君又惠长？

【典源】出自《晋中州记》。晋惠帝昏庸愚昧，到华林园游玩，听蛙声一片，问左右，它们是官蛤蟆呢，还是私蛤蟆？在官家园里叫，就是官蛤蟆。于是拨口粮供养。

【典义】形容人昏庸愚昧；咏蛙。

【典词】官池蛙、官蛙、莫问官私地、私蛙等。

龟回印转

向日葵花一面开，龟衔印转几回来。
人间神物犹如此，岂有知恩不报哉？

【典源】出自《晋书·孔愉传》。孔愉曾过余不亭，见笼龟于路者，买龟放回溪中，龟左顾数四。后孔愉封侯铸印时，三铸印龟仍左顾。

【典义】形容知恩报恩；借指将帅之印。

【典词】龟酬孔、龟衔印、回眸之报、金龟转纽、如龟三顾等。

挥锄幼安

官门不让飞螟进,更要挥锄学幼安。
以政清风明月照,前程岂有畏天寒。

【典源】出自《世说新语·德行》。管宁字幼安,华歆字子鱼,两人一起在园中锄菜,管宁见地上一片金子,对待瓦石一样挥锄。华歆捡看才扔。又同席读书,有乘轩冕过,管宁照旧读书,华歆跑去看。宁割席分坐曰:子非吾友也。

【典义】形容节操高洁,不贪世俗名利;也以"割席"借指朋友绝交。

【典词】锄挥瓦中金、割席、割席管宁、华不挥金、黄金锄去等。

结袜王生

自古尊贤本性情,人间崇德更无争。
而今结袜不常有,犹盼王生重见行。

【典源】出自《史记·张释之列传》。王生者隐士,年纪老迈,忽说自己袜带松脱,让廷尉张释之系袜带。事后,有人问何故,答曰,为吾结袜,使他敬老名声。

【典义】形容人贤德。

【典词】结袜、结袜赖王生、结袜生、结袜心等。

婕妤当前

冯嫕当熊元帝赞,班姬辞辇众人夸。
愿君左右忠妃在,不让伶优戏眼花。

【典源】出自《汉书·外戚传·孝元冯昭仪传》。汉元帝去虎圈观斗兽,有只熊出圈,左右妃嫔逃散,只有冯婕妤挡熊而立。元帝十分赞叹,对她更加敬重。

【典义】形容女子忠勇节义,临危不惧。

【典词】不避熊、当熊、当熊任生死、冯嫕当熊、汉帝熊等。

辽豕白头

汗马无声伏枥中,却闻白豕愧辽东。
公家做事须谦谨,何必矜夸妄请功。

【典源】出自《东观汉记·朱浮》。朱浮写信责备彭宠曰:伯通你自大,以为功高天下。他说从前辽东有豕,生子白头,异而献之,行至河东,见群豕皆白,惭而还。若以子之功,论于朝廷,则为辽东豕也。

【典义】形容少见多怪。

【典词】白逐、白头豕、辽东豕、辽豕等。

蒙子公力

都城楼阁月朦胧,多少敲门拜子公。
还有飞书蒙鼎力,官名得以见朝中。

【典源】出自《汉书·陈万年传》。陈咸数赂陈汤(字子公)并书曰,蒙子公力,得入帝城,死不恨,后被调入做少府。
【典义】指人无廉耻,请托行贿,求别人援引、荐拔。
【典词】飞书交子公、及子公、入身帝城、效陈咸、子公书等。

四知金

乱世求人常贿赠,花言巧语醉迷辞。
岂无鬼晓私情事,敬畏天神你我知。

【典源】出自《东观汉记》。王密夜怀金十斤以赠杨震(字伯起),并曰:"夜无知者。"震曰:"天知,神知,我知,子知,何谓无知!"
【典义】形容居官廉洁,不受馈赠。
【典词】伯起金、故吏之金、金投暮夜、暮夜金、却金暮夜、四知等。

脱 屣

风尘滚滚前途暗,敢破浮云看月明。

何谓功名身富贵，轻同脱屣易而行。

【典源】出自《孟子·尽心上》："舜视弃天下，犹弃敝屣也。"《史记·孝武本纪》："天子曰：吾视去妻子如脱屣耳。"
【典义】形容将名利等看得很轻，不去顾恋。
【典词】妻孥敝屣、弃妻孥、轻脱如屣、脱去如一屣等。

尾生抱柱

韦郎旧约不来人，谁料尾生痴献身。
男女有情堪抱柱，朝云暮雨自怀春。

【典源】出自《庄子·盗跖》："尾生与女子期于梁下，女子不来，水至不去，抱梁柱而死。"
【典义】形容人守信不变；以"抱柱信"指男女期约。
【典词】抱梁、抱梁期、抱桥、抱柱信、桥下期、水至不去等。

室无长物

昔日人家寒陋简，更无长物可阑删。
而今小富新房盖，室内翻成杂货间。

【典源】出自《世说新语·德行》。王忱见王恭坐在六尺竹席上，求送一领，后闻恭无余席。恭曰：丈人不悉，恭作人无长物。

【典义】形容人贫困、或省俭。

【典词】平生无长物、无长物、长物、长物元无有等。

舜舞干羽

和风细雨润禾苗,才有丰浆向酒瓢。
恰似朱干随舜舞,民心乃服拥天朝。

【典源】出自《淮南子·齐俗训》:"当舜之时,有苗(氏)不服,于是舜修政偃兵,执干戚而舞之。"

【典义】形容以仁德服人。

【典词】干戚之舞、舜舞干羽、舞干、舞干戚、舞朱干(红色的盾)等。

十五、行为

松针堪似剑，小虫独来尝。

黄耳传书

远古传书嘱何物,锦鳞青鸟雁儿飞。
当今网络神通达,黄耳无须托信归。

【典源】出自任昉《述异记》。晋时陆机有快犬名黄耳,性情聪慧,能通人意,与家人传书信。
【典义】形容传递书信。
【典词】黄耳、黄犬、黄犬传佳句、黄犬书来、黄犬音乖、寄书黄狗、遣黄犬、犬附书等。

拔山扛鼎

千秋故国英雄出,所爱江山又奈何?
纵有力能扛鼎志,终归垓下唱悲歌。

【典源】出自《史记·项羽本纪》:项籍长八尺余,力能扛鼎,才气过人……乃悲歌慷慨,自为诗曰:力拔山兮气盖世,时不利兮骓不逝。
【典义】形容力大无穷;借称项羽。
【典词】拔山力、举鼎拔山、扛鼎士、扛鼎雄、力可扛鼎、力扛鼎等。

高屋建瓴

东溟海浪千层滚,鬼魅从中暗教唆。

已是船坚添利炮，建瓴高屋泻成河。

【典源】出自《史记·高祖本纪》：秦，形胜之国，带河山之险……其以下兵于诸侯，譬犹居高屋之上建瓴水也。
【典义】形容居高临下，势头迅猛，不可遏阻。
【典词】乘高建瓴、建瓴、建瓴高屋、建瓴之势等。

爱礼存羊

子贡犹怜祭饩羊，且听论语寄声长。
行仁爱礼非前物，重在规仪有法章。

【典源】出自《论语·八佾》：子贡欲去告朔之饩羊，子曰："赐也，尔爱其羊，我爱其礼。"
【典义】形容保留礼节或某些事物。
【典词】爱礼羊、礼废存羊、礼亡存羊、饩羊存礼等。

安仁拜尘

遗俗承恩须下跪，远门迎迓拜飞尘。
江山已是清明月，岂有安仁望辇轮？

【典源】出自《晋书·潘岳传》："（潘）岳性轻躁，趋世利，与石崇等诣事贾谧，每候其出，与崇辄望尘而拜。"潘岳，字安仁。

【典义】指人阿谀奉承权贵。

【典词】拜车尘、拜车轮、拜尘、拜前尘、前尘之拜、望尘态、迎尘拜、拜后尘等。

猜意鹓雏

小人常度仁君腹，多事纷争半犯疑。
可笑饥鹰空吓忌，安能有凤伴从随。

【典源】出自《庄子·秋水》。惠子相梁，庄子往见之。或谓惠子时曰：庄子来，欲代子相。惠子十分恐慌。庄子往见之曰：南方有鸟，名鹓鶵，从南向北一路飞，那时，有猫头鹰正获得一只腐鼠，以为鹓鶵想夺去吃，就抬头对着鹓鶵说："吓！"

【典义】形容以小人之心度君子之腹；也以腐鼠等指凡俗利禄。

【典词】鸱吓、腐鼠、忌鹓鶵、吓鶵、吓凤、吓梁国、吓鼠、吓鹓鶵、争腐鼠、鸱得腐鼠等。

楚弓人得

有客深忧失楚弓，引来孔语论非同。
萦怀谁拾何须拟，理意人间树大公。

【典源】出自刘向《说苑·至公》。楚共王打猎丢弓不去找回，他说捡到的也是楚人。孔子说丢捡的都是人，何必说是楚人。

【典义】形容虽有所失而利未出于人，无须萦怀。

【典词】楚人弓、得楚弓、得失楚人弓、荆人弓失、人弓人得等。

椎飞博浪

图穷匕见心余悸，博浪椎飞又中车。
纵有千军秦俑列，惊随地下也难除。

【典源】出自《史记·留侯世家》。留侯张良为韩人，秦灭韩，为韩报仇，东去见沧海君，得力士，用铁椎重百二十斤，在博浪沙狙击秦始皇，结果误中副车。

【典义】表现志士决心舍家亡身，报国复仇的气概。

【典词】报韩、博浪铁、博浪椎、沧海金椎、沧海君、奋一椎、击暴秦、沙中力士、沙椎等。

大笑绝缨

人间战鼓总常鸣，岂有黄金求救行。
本应兴兵强国事，可堪一笑绝冠缨。

【典源】出自《史记·滑稽列传·淳于髡传》。楚发兵攻齐，齐王派淳于髡往赵求救，黄金百斤，车马十驷。淳见礼物而仰天大笑，断绝冠缨。

【典义】形容因可笑之事而大笑、狂笑。

【典词】冠缨绝、笑绝缨、仰天笑齐、一笑绝缨等。

窥天戴盆

出道带经锄腐草，归途老马负初心。

虚名犹似戴盆盖，笑我窥天苦不禁。

【典源】出自汉代谚语"戴盆望天"。李善注："言人戴盆则不得望天，望天则不得戴盆，事不可兼施。"

【典义】喻方法错误，无法达到目的；以"戴盆望天"喻事难两全，难以实现。

【典词】戴盆、戴盆行、首戴盆、望天盆等。

得鱼忘筌

人生过往常回首，不可得鱼犹忘筌。

此典文言千古意，至今未有境时迁。

【典源】出自《庄子·外物》："筌者所以在鱼，得鱼而忘筌；蹄者所以在兔，得兔而忘蹄；言者所以在意，得意而忘言。"

【典义】比喻事情成功以后就忘了原来凭借的事物。

【典词】得鱼、得兔、得兔不忘蹄、弃筌、筌蹄、筌蹄可忘、忘筌、忘蹄、鱼得忘筌等。

东阁延宾

周公吐哺求贤渴,犹恐月明星座稀。
有记延宾东阁事,如今难见相弘归。

【典源】出自《汉书·公孙弘传》。时上方兴功业,屡举贤良。丞相平津侯公孙弘修客馆,开东阁接待贤士,参于谋事。
【典义】形容大开门路,招揽人才。
【典词】丞相阁、东阁开、公孙阁、公孙开阁、弘阁、开阁、叩阁、平津阁、延士阁等。

芳兰当门

入世伴君忧履虎,当门最忌种芳兰。
一朝不慎轻言出,必祸加身恶草看。

【典源】出自《三国志·蜀书·周群传》。张裕私下语:岁在庚子,天下当易代,刘氏祚尽矣。被告密,刘备将诛,诸葛亮表请其罪,刘曰:芳兰生门,不得不锄。张被杀。
【典义】指因下对上有所阻碍而被清除。
【典词】锄兰、当门病、当门兰、当门任君锄、芳兰当门、蕙兰当户、生不当门等。

负荆请罪

共济同舟才泛远,登高就会阔心胸。

负荆请罪辕门叩，一化霜天露笑容。

【典源】出自《史记·廉颇蔺相如列传》。蔺相如功大，拜为上卿，位在廉颇之右。廉颇不服，曰：我见相如，必辱之。相如闻，不肯与会。相如每每谦让，廉颇知情后，负荆请罪，两人和好。

【典义】表示向人认错赔罪；也表示顾全大局，忍让小忿。

【典词】避廉颇、负荆、廉公屈体、廉蔺、屈节廉公等。

复陂谣

城中看海年年有，每遇灾情满目凋。
水利兴衰关国事，民间又唱复陂谣。

【典源】出自《汉书·翟方进传》。成帝时，关东数水，陂溢为害。翟方进为相，与下属视察，以为决去陂水，其地肥美，省防堤费而无水忧，就放掉陂水。王莽时闹旱灾，郡中追怨方进，童谣曰："坏陂谁？翟子威。饭我豆食羹芋魁。反乎覆，陂当复，谁云者？两黄鹄。"

【典义】指兴办治理水利；或指事物反覆；以"芋魁饭豆"指粗粝的饭食。

【典词】陂坏当复、羹芋魁、鹄陂、两鹄、两黄鹄、平陂往复、芋魁饭豆等。

含沙射影

风尘苦旅老辛酸,暗箭难防感百端。
自古江湖潜鬼蜮,含沙射影使心寒。

【典源】出自陆机《毛诗疏义》。蜮,即短狐。生活在水域,人影映入水中,蜮就射人影致死。故曰射影。《搜神记》曰:短狐,能含沙射人。

【典义】形容暗中攻击,诽谤中伤。

【典词】触影含沙、短狐伺景、含沙潜鬼蜮、沙含水弩、射影、向影吹沙、蜮箭伺人等。

汉阴抱瓮

汉阴老丈冰壶月,抱瓮浇畦绝使机。
一语羞红端木赐,有谁无愧着官衣?

【典源】出自《庄子·天地》。子贡(姓端木,名赐)路过汉阴,见一老丈抱瓮灌菜,问曰,何不用机械,老丈笑曰,有机事必有机心,机心在胸,则神生不定。子贡听了很惭愧。

【典义】形容纯朴无邪,不追求机变巧诈;以"汉阴机"指巧诈用心。

【典词】穿殊汉阴、纯白无机械、灌阴叟、汉机、汉机忘、抱瓮汉阴、汉阴机等。

诗和典故

鸡口牛后

众望云梯垂直上,谁知高处苦寒秋。
宁为鸡口官微小,岂戴乌纱牛后羞?

【典源】出自《战国策·韩策一》:臣闻谚语曰:"宁为鸡口,无为牛后。"今大王西面交臂而臣事秦,何以异于牛后乎。

【典义】形容宁可在小范围内当家做主,也不随在大人物后而受支配。

【典词】鸡口、宁为鸡口、牛后、牛后人、羞以牛后等。

计然之策

满目萧条落叶声,沿街店铺苦撑营。
寒秋过后严冬雪,急盼计然良策明。

【典源】出自《史记·货殖列传》。越王勾践任用范蠡、计然。计然曰:"知斗则修备,时用则知物,二者形则万物之情可得而观已。"勾践听取复兴经济办法,使越国富强。

【典义】指致富之道或谋生手段。

【典词】计然策、计然术、计然未用、谋生后计然、行计然等。

季子高风

可贵人生诚信守,既言一出不移更。

高风季子交心月，挂剑坟松万古情。

【典源】出自《史记·吴太伯世家》。季札出使路经徐国，徐君爱其佩剑，季札心知之，等出使回来，闻徐君已卒，就挂剑于坟树上。

【典义】形容守诺重信，始终不渝；表现悼念凭吊亡友等。

【典词】宝剑非所惜、宝剑悬、坟前剑、挂坟松、挂剑、挂徐君剑、剑挂孤松等。

济河焚舟

渡河过后焚舟破，铁定心来绝路逃。
只有恒长从一计，前程万里任翔翱。

【典源】出自《左传·文公三年》：秦伯伐晋，济河焚舟，取王官及郊。杜预注：示必死也。

【典义】形容人做事决心大，坚决干到底。

【典词】焚舟、焚舟破釜、焚舟战、河焚舟等。

剑首一吷

一介书生学仕翁，王音未必诏扬雄。
犹吹剑首闻微吷，何不闲庭练气功。

【典源】出自《庄子·则阳》。吹管箫还会有音声，吹剑首

只会一丝微响，在戴晋人面前赞尧舜，犹一哄。

【典义】形容无足轻重，微不足道。

【典词】吹剑首、吹剑一哄、吹一哄、剑头微哄、一哄等。

狡兔三窟

荣枯过眼化云烟，何必求安吊胆悬。

兔窟三分无计事，人生祸福看天缘。

【典源】出自《战国策·齐策四》。冯谖曰，狡兔有三窟，仅得免其死耳。君有一窟，未得高枕而卧也，请为君再谋二窟。

【典义】表现避祸求安，多设藏身之所。

【典词】冯谖三窟、狡兔计、狡兔求窟、狡穴、谋三窟、兔藏三窟、营三窟等。

荆歌易水

荆歌唱罢悲风起，忽觉心潮易水寒。

少少多多亡国事，何人见得黍离叹？

【典源】出自《战国策·燕策三》。侠士荆轲受燕太子丹重托，赴秦刺杀秦王，在易水送别。高渐离击筑，荆轲和而歌，士皆垂泪涕泣。荆轲又歌，"风萧萧兮易水寒，壮士一去兮不复还！"后见白虹贯日，不成。

【典义】表现慷慨悲壮、视死如归的气慨。

【典词】白虹贯日、长虹贯日、贯日、寒风易水、寒水之悲、荆歌易水、荆卿西去、燕丹客、易水萧萧等。

惊弓之鸟

树遇寒风叶常落，虚弓伤鸟翅难飞。
心惶余悸刀身血，劫后无惊所剩几？

【典源】出自《战国策·楚策四》。一只雁飞来，更嬴拉空弦虚射，雁坠落，何故？这只雁飞得很慢，而且叫声悲凄，内心惊恐，是有旧伤惊落的。

【典义】指遭受祸患、打击之后，内心有余悸。

【典词】弓伤、惊弓、惊禽易落、惊弦、惊雁、惊羽、空弦、落雁、伤鸿、伤禽等。

九鼎铸神奸

民声载道叹江山，怎忍蛟虬乱世间。
卫士横刀顽疾斩，还须九鼎铸神奸。

【典源】出自《左传·宣公三年》。夏禹时，使九州之牧收取铜铁等，铸九鼎，将鬼神百物图形都铸在上面，使民知神奸。故民入川泽山林，不逢不若。

【典义】形容暴露恶人、鬼怪等。

【典词】刊魑魅、穷神奸、神奸形九鼎、图于夏鼎、象物知神奸、铸鼎穷神奸等。

绝交书

旧时举荐寻常事，更忆山公识俊才。
本是清高修道骨，何堪彼此绝书来。

【典源】出自《世说新语·栖逸》。山公欲举嵇康，代自己为吏部郎，康与书告绝，作《与山巨源绝交书》。南朝梁·刘孝标注引《嵇康别传》曰："山巨源为吏部郎，迁散骑常侍，举康，康辞之，并与山绝。亦欲标不屈之节，以杜举者之口耳！乃答涛书，自说不堪流俗，而非薄汤武。大将军闻而恶之。"

【典义】指彼此绝交或不通音信。

【典词】绝交似康、山巨源书、莫学嵇康、莫寄绝交书等。

钧天广乐

皆知简子病魂癫，却见钧天广乐弦。
道是常人无特异，难能好梦识神仙。

【典源】出自《史记·赵世家》。赵简子病，睡五日，梦见到天帝那里，与众神在钧天游乐，各种乐舞，其声动人心。

【典义】表现做梦或梦境；指歌舞演奏，多指宫廷乐舞。

【典词】帝所钧天、帝乐奏钧天、广乐九奏、简子魂、钧天之乐、梦钧天等。

开口笑

气象无常奈何了,人生苦事更难休。
红尘失意浮云过,笑口颜开不用愁。

【典源】出自《庄子·盗跖》:除病瘦死丧忧患,其中开口而笑者,一月之中,不过四五日而已矣。
【典义】形容难得开怀一笑或达观处世,放怀欢笑。
【典词】尘世惟堪笑、欢笑惟三五、开笑口、难逢一笑、人生开口笑、笑口开等。

糠秕在前

有道登庸如簸动,在前糠秕满街吹。
不知翰院何缘故,千百年来乐此为。

【典源】出自《世说新语·排调》。范启年大而位小,王坦之年小而位大,一起走时,相互谦让,王遂在范后,王曰:簸之扬之,糠秕在前。范曰:淘之汰之,沙砾在后。
【典义】借指无能者、在下者反居前。
【典词】秕糠簸、秕糠前、糠秕吹扬等。

孔席无暖

奔马难栖安孔席,凉床无暖突无黔。

感兹圣哲怀天下，有恨疏慵日闭帘。

【典源】出自《淮南子·修务训》：孔子无黔突，墨子无暖席。

【典义】形容为天下百姓奔走；形容停留短暂。

【典词】安孔席、孔墨不暖席、孔突、孔席、墨突、黔突等。

扣舷歌

财富寻常转折空，前程也有遇途穷。

人生乐在轻舟泛，节扣舷歌散淡中。

【典源】出自《晋书·夏统传》。夏统（吴地隐士），足叩船引唱，歌声激越，贾充想用军乐、美妓打动他，都不成，真是木人石心也。

【典义】指疏放散淡行为或不为声色威势所动。

【典词】扣舷歌、木肠儿、船舷悲唱、船舷扣、脚敲两舷、扣舷、木石心肠、夏统乘舟等。

枯鱼过河泣

多少赃官入狱囚，潸然泪水向东流。

追初悔恨生贪事，告诫过河鱼泣休。

【典源】出自《乐府诗集·枯鱼过河泣》：枯鱼过河泣，何时悔复及。作书与鲂鱮，相教慎出入。

【典义】表示事后悔恨或记取教训。

【典词】感枯鱼、过河鱼、枯鱼泣等。

狂奴故态

自古登台附势援，朝家攀上更骄尊。
狂奴故态谁人见？一有天书拜谢恩。

【典源】出自皇甫谧《高士传》。严光与刘秀为同窗好友，平时不拘礼节。刘秀称帝后，严光变姓名，隐居不出，刘秀多方寻找，多次去请才出来，而且性格跟原来一样。帝笑曰：狂奴故态也。

【典义】形容隐士狂放不羁，傲世独行。

【典词】富渚狂奴、故态客星狂、故态狂奴、狂奴等。

蓝田种玉

雍君孝道守山耕，不忘行人解渴情。
正是高怀天造化，才能种玉暖春生。

【典源】出自干宝《搜神记》。杨公伯雍，非常孝顺，在父母坟那里定居，一边种田一边供行人解渴，得到神仙帮助，成家业，种下石子变玉，称玉田。另载：公至所种玉田中，得璧

五双,以聘。徐氏大惊,遂以女妻公。

【典义】指得仙助而成家立业;比喻男女获得了称心如意的美好姻缘;咏仙事、景物。

【典词】白璧生蓝田、白玉田、耕耘成白璧、蓝田、蓝田美玉、蓝玉、埋玉蓝田等。

懒残分芋

久欲披怀拜法师,老来见佛问禅迟。
虽然有话分香芋,正果无缘境过时。

【典源】出自袁郊《甘泽谣》。唐代懒残和尚,性情懒惰又吃残剩饭,故称懒残。李泌拜见并吃他吃剩的半只芋,懒残对李泌说,悄悄地不要多说话,去做十年宰相吧。

【典义】指求取功名;形容与僧人来往。

【典词】分芋、衡山芋、懒残芋、十年相、问懒残、芋火等。

烂蒸拗项

清风拂面酒家春,接物推诚味道真。
何必珍馐才待客,烂蒸拗项也香唇。

【典源】出自曾慥《类说》引《卢氏杂说》。郑余庆任宰相,生活俭朴,邀朋吃饭,曰:处方厨家,烂蒸去毛,莫拗折项。诸人相顾，以为是蒸鹅鸭之类，其实每人只食一只蒸烂的葫芦而已，郑余庆吃得很香。

【典义】形容饭食粗劣；或表现田园生活。

【典词】拗项、葫芦蒸熟、瓠项拗、烂蒸壶等。

离娄至明

当下珍珠鱼目混，狗皮膏药乃通行。
逍遥过市情无奈，盼有离娄再出生。

【典源】出自《孟子·离娄上》：离娄，古之明目者。《淮南子·原道训》：离朱之明，察箴末于百步之外。注：离朱者，黄帝臣，明目人也。

【典义】形容人洞察事物。

【典词】离娄肆目、离娄之明、离朱聪明等。

醴为穆生

王朝换代策常更，极打长鞭瑟瑟声。
应效穆生辞以醴，见机远祸一身轻。

【典源】出自《汉书·楚元王传》。楚元王刘交敬重穆生等人，常设酒款待，穆生不爱饮酒，还特为穆生准备甜酒。刘交死后，儿子刘戊就不设宴了，不再尊重他们了，穆生见此称病离开。

【典义】形容人明察见机,全身远祸。

【典词】楚筵辞醴、穆生辞楚、穆生机、穆生谢病等。

两部鼓吹

退居溪畔听流韵,水练分明月到家。

并有鸣蛙吹鼓乐,催人自在度余华。

【典源】出自《南齐书·孔稚珪传》。孔稚珪风韵清疏,好文咏。在住宅营造园林,草莱不剪,中间有蛙鸣,有人问他,是想学陈蕃吗,他笑答,只当作两部鼓吹的乐队。

【典义】表现闲居自乐;咏蛙鸣。

【典词】鼓吹荒池、鼓吹蛙、鼓奏鸣蛙、两部蛙、蛙吹等。

临川羡鱼

常有新人图伟业,花招百出写天书。

空怀美梦无心到,恰似临川白羡鱼。

【典源】出自《汉书·董仲舒传》:古人言,临渊羡鱼,不如退而结网。汉·扬雄《河东赋》:"雄以为临川羡鱼,不如归而结网。"

【典义】指空有愿望而无行动。

【典词】归结网、结网空知羡、临川羡鱼、思结网等。

刘伶荷锸

宦海浮萍流水逝,浑然一夜雪霜寒。
人生朝露寻常见,应效刘伶以达观。

【典源】出自《世说新语·文学》:刘伶著《酒德颂》,意气所寄。刘孝标引《名士传》:名士刘伶字伯伦,乘鹿车,带壶酒,让人扛铁锹,随死随埋。

【典义】形容放浪不羁、达观生死作风。

【典词】伯伦一锸、独佩一壶、荷锸、驾鹿车、刘伶荷锸、刘锹等。

刘阮二郎

得道成仙千古调,诗书乐此不疲言。
桃源境界从来误,迷路刘郎有几番?

【典源】出自《太平御览》。刘晨、阮肇一起进山采药,在山中迷路,过山见大溪边有两位仙女,邀刘阮至家,并请二人吃胡麻饭、山羊脯。半年后,回乡不见一个熟人。

【典义】形容男女相爱情事;以"仙源、胡麻饭"指仙家生活。

【典词】采药刘郎、晨肇、洞里迷人、胡麻香饭、花源重来等。

流民郑侠图

欢歌媚世有人呼,谁绘流民郑侠图。
自古深宫垂幕月,兴衰只隔一层涂。

【典源】出自魏泰《东轩笔录》。宋熙宁六七年间,河南、河北一带发生大饥荒,数万灾民流徙京西求食。郑侠见灾民流徙状,绘流民图上奏,指陈时弊。
【典义】形容忧民疾苦,赈济灾民。
【典词】绘图达深宫、流民稿、一幅流民、郑侠图等。

六州铸错

思前虑后远长谋,不被一时昏过头。
世上千金无药悔,记怀铸错二三州。

【典源】出自孙光宪《北梦琐言》。罗绍威与朱温合计灭牙军后,遭朱温不断索财,罗后悔曰,聚六州四十三县之铁,打一个"错"不成也。
【典义】指造成重大错误、失误。
【典词】大错惊心、九州大错、十州铸铁、铸错、打大错等。

鲁连解围

古有高情含义气,鲁连蹈海力言争。

无关己事挺身出,日月千秋照此明。

【典源】出自《战国策·赵策三》。战国时秦国发兵围赵国都城。当时齐国高士鲁仲连正在赵国,听说魏将劝赵尊秦为帝,于是去见平原君,自告去驳斥魏王使者辛垣衍,鲁曰,如让秦国得天下称帝,只有投东海自尽,我不愿做他的臣民。事成,平原君欲封赏鲁,始终不受。

【典义】称颂人正气凛然,不畏强暴;代人排忧解难,功成身退。

【典词】耻帝秦、从鲁连、蹈沧海、蹈海、却秦等。

卖卢龙塞

看似江平浪已澌,波涛未到起风时。
安宁不忘除奸细,卖尽卢龙悔恨迟。

【典源】出自《三国志·魏书·田畴传》。卢龙为秦汉时长城的古塞名。田畴曾引路协助曹军,上徐无山,出卢龙,历平冈,均被占去,田畴自责"卖卢龙之塞"。

【典义】指人出卖国家或家族的利益。

【典词】卢龙卖尽、卖断卢龙、卖卢龙、田畴不卖卢龙等。

梦游华胥

年来锣鼓喧天响,境界华胥信梦情。

老叟胸中无逐胜，只求安稳度余生。

【典源】出自《列子·黄帝》："（黄帝）昼寝而梦，游于华胥氏之国。华胥氏之国在弇州之西，台州之北，不知斯齐国几千万里；盖非舟车足力之所及，神游而已。"所见到的都是理想世界。

【典义】借指心目中的理想国度、境界；形容睡眠、梦境等。

【典词】出华胥、华胥、华胥国、华胥境界、华胥乐、梦华等。

祢衡刺

三人行必有吾师，圣语虔心讵可疑？
莫学祢生名刺灭，常怀谦逊走天涯。

【典源】出自《世说新语·言语》引《文士传》曰："（祢衡）以建安初北游，或劝其诣京师贵游者，怀一刺（名片），遂至漫灭，竟无所诣。"

【典义】指拜访他人；也指无人可访，得不到接纳。

【典词】怀刺、漫灭怀中刺、祢生、祢刺等。

墨子悲丝

黑白相交容易染，红尘道上叹悲丝。

江湖好似一缸墨，会有丹心变色时。

【典源】出自《墨子·所染》。墨子言，见染丝者而叹曰："染于苍则苍，染于黄则黄，所入者变，其色亦变，故染不可不慎也。"

【典义】形容环境影响人的秉性、志趣。

【典词】悲丝、悲丝染、悲素丝、墨丝、泣素丝、素丝变等。

南柯一梦

多少功名一梦醒，浑然坐上水浮萍。

南槐蚁穴今犹在，入枕其中似有灵。

【典源】出自李公佐《南柯太守传》。淳于梦游侠之士，其宅南有一大古槐，枝干修密，清阴数亩。醉梦入槐穴，见大槐安国，还当驸马，梦后挖树下，只是大蚁穴。

【典义】形容人生富贵如梦幻；也指睡梦。

【典词】淳于梦、大槐宫、大槐枕、槐国、槐梦、蝼蚁梦等。

南辕北辙

天台高凑东方曲，应是春风绿向南。

笑客玩游山水遍，不知适楚北辕探。

【典源】出自《战国策·魏策四》。季梁见一人驾车想去南方楚国，却朝北走，何故？他说马好、费足、技高没事。

【典义】形容行动与目的相反，达不到目的。

【典词】北辕失、北辕适楚、背南辕、南辕、北辙等。

千斛米

满目黄尘昏蔽日，常闻高位孔兄横。
空囊不与丁仪米，想要佳声岂自成？

【典源】出自《艺文类聚》引《语林》曰：陈寿写《三国志》，对丁家说，送我一千斛米，我可以为你父作好传。丁不与米，遂以无传。

【典义】指恃权索物，收受不正当的馈赠。

【典词】丁仪米、求公米千斛等。

千万买邻

百金可买舒心宅，千万难期好卜邻。
何故三迁成典范，择居不止只教人。

【典源】出自《南史·吕僧珍传》。季雅在吕僧珍宅旁买下一所房子，吕便问其价，季雅曰："一千一百万。"吕僧珍怪贵也。季雅曰："一百万买宅，千万买邻。"

【典义】形容择邻而居，好邻居难得。

【典词】买芳邻、买邻、买邻无万钱、十万卜邻等。

蕉鹿梦

真心寻梦无蕉鹿,听客虚眠却见之。
览物反常难自定,人生得失卜迷离。

【典源】出自《列子·周穆王》。郑人有薪于野者,遇骇鹿,毙之,藏诸隍中,覆之以蕉。俄忘藏处,以为梦焉。傍人闻之而取之,曰为真梦。两人争执,官判平分。
【典义】形容世间事物真伪难辨,得失无常。
【典词】藏蕉梦、得鹿、覆蕉、覆蕉鹿讼、何蕉何鹿、鹿梦、蕉间得鹿等。

青蝇白璧

从来白璧怕青蝇,一染休思洗污凝。
千古忠良谗佞后,无能雪耻玉壶冰。

【典源】出自《诗·小雅·青蝇》:"营营青蝇,止于樊。岂弟君子,无信谗言。"郑玄笺:蝇之为虫,污白使黑,污黑使白。喻佞人变乱善恶也。
【典义】形容奸人进谗加害忠良,诽谤君子。
【典词】白璧青蝇、谤起营蝇、苍蝇、苍蝇间白黑、点青蝇、玷白苍蝇等。

卿言复佳

何故风尘听唯唯,犹如司马复佳声。
因由阴刻人常在,万事无关只笑迎。

【典源】出自《司马徽别传》。司马徽在荆州时,知刘表阴暗,必害善人,乃括囊不谈议。有问的,一概言佳。连妻劝之,也曰:如君所言,亦复佳。

【典义】指人韬光养晦、全身避祸;指人一味附和他人意见。

【典词】对客惟称好、事事称好、司马称好、万事称好等。

求田问舍

莫要清高远野人,常来白眼自天真。
不知何日尘间乱,问舍求田无处询。

【典源】出自《三国志·魏书·陈登传》。陈登者,字元龙,在广陵有威名。许汜说,陈元龙是江湖人,还有粗豪之气。刘备问他:有什么事实吗?许说:待客之意没有,不与我说话。刘责备许,你本来要挽救时世,却四处求田问舍,言论无可采,这正是元龙所厌恶的。

【典义】形容人无大志,只顾家业田产;指置田归隐。

【典词】乱世求田、求田、求舍问田、问田、笑求田等。

曲突徙薪

焦头夺席论功臣,不见先知谋突人。
报赏从来能救火,防虞却忘徙柴薪。

【典源】出自《淮南子·说山训》:有人见主人灶突是直的,旁边还堆柴火,容易着火,劝告灶突改弯,远离柴火,不听,果然失火。救火论功时,建议曲突徙薪的人抛在一边,焦头烂额的人为上客。
【典义】形容事先采取防范措施,防止祸患发生。
【典词】报赏焦头、焦烂、焦头烂额、谋曲突、曲突、曲突不见宾等。

屈轶可指

逸世易藏柔佞媚,浑然浊水混鱼虾。
忧无屈轶宸阶草,可指奸臣戒入衙。

【典源】出自《竹书纪年》。黄帝轩辕氏有屈轶之草(又名指佞草),生于庭,佞人入朝,则草指之,是以佞人不敢进。
【典义】形容识别奸邪;亦借指善识奸邪的人。
【典词】屈草戒谀、有佞还应指、指佞等。

阮籍青白眼

几多旧吏双颜目,应对时人各色眸。

有酒常开青顾笑,无茶即是白相投。

【典源】出自《晋书·阮籍传》。籍能为青白眼,时有丧母,嵇喜来吊,以白眼对之。喜弟康闻之,于是带酒携琴而来,阮大悦,乃见青眼。

【典义】以"青眼"等表示对人喜爱;以"白眼"等表示对人轻蔑。

【典词】白两眸、白眼、碧眼、举眼青如故、两般眼、目向幽人青等。

桑下三宿

万物有情皆有意,自然自恋旧曾谙。
人非草木无心动,桑下连宵不过三。

【典源】出自《后汉书·襄楷列传》:"浮屠不三宿桑下,不欲久生恩爱,精之至也。"

【典义】形容对世间事物有所顾恋,未能脱去凡俗之心。

【典词】浮屠不宿桑、浮屠三宿、连宵桑下、恋三宿、三宿空桑、僧三宿等。

扫门求见

仕路茫茫何上进?多方使计渡烟津。
扫门求见难为事,只好归江独钓身。

【典源】出自《史记·齐悼惠王世家》。魏勃少时，欲求见齐相曹参，家贫无以自通，乃常独早夜在其门外打扫。何故也，愿见相君，无因，故为来此打扫。

【典义】形容设法求谒权贵，希图任用。

【典词】勃箒、长扫朱门、丞相扫门人、耻为丞相扫、扫门士等。

山翁倒载

一世风尘无饮乐，不妨倒载效山翁。
何须顾忌浮名事，雨雪萧萧可作聋。

【典源】出自《晋书·山涛传附山简传》：山简（字季伦）为荆州，时出酣畅。时有童儿歌曰：山公出何许，往至高阳池。日夕倒载归，茗芋无所知。时时能骑马，倒著白接篱。

【典义】表现豪饮醉酒，不拘礼仪；也指饮宴风雅之事。

【典词】并州儿葛、倒季伦、高阳倒载、山简倒载、山公酩酊、山翁醉等。

守株待兔

原笑守株犹待兔，始知缘木更痴鱼。
风尘道上难为客，世事无奇不巧书。

【典源】出自《韩非子·五蠹》。宋人有耕者拣到触株之

兔，因释其耒而守株，冀复得兔，兔不复得，而身为宋国笑。

【典义】形容墨守陈规，不知变通；形容坐以待成，不劳而获。

【典词】待兔、困株木、守兔、伺兔、宋株、兔守株等。

束缊乞火

人身造化舌头儿，朽木逢春靠措辞。
亡肉如无求火妇，冤情一世也难知。

【典源】出自《汉书·蒯通传》：一家亡肉，婆婆以为是媳妇偷盗，怒而逐之。辞别时，有位里母即束缊请火于亡肉家，曰：昨夜，犬得肉，争斗死，请火治之。亡肉家得知后，呼妇归。

【典义】形容善于向人说情、推荐。

【典词】妇非束缊、临淄遣妇、乞火、乞火人、束缊等。

随珠弹雀

草船借箭算高明，弹雀随珠不可营。
凡事区分轻重别，堪能方寸把输赢。

【典源】出自《庄子·让王》："今且有人于此，以随侯之珠弹千仞之雀，世必笑之。是何也？则其所用者重而所要者轻也。"

【典义】形容轻重失当，得不偿失。
【典词】明珠弹飞鸟、千仞弹珠、弹雀、弹鹊、珠抵鹊等。

螳臂当车

潮平两岸好行舟，应对青溟阻独流。
若是当车螳臂使，必然碎骨粉难收。

【典源】出自《庄子·人间世》："汝不知夫螳螂乎？怒其臂以当车辙，不知其不胜任也。"
【典义】形容不自量力。
【典词】当车有臂、当轮、当辙、拒轮、怒车螳臂、螳臂等。

陶公运甓

莫效陶公真运甓，谁家励志此中生？
许多功业难酬报，走遍天涯道不平。

【典源】出自裴启《语林》：陶太尉优游无事，常朝自运甓于斋外，暮运于斋内。人问之，曰：吾方致力中原，恐为尔优游，不复堪事。亦反之表达难酬志。
【典义】表示磨炼身心，励志功业。
【典词】士行运甓、陶侃甓、陶甓、运百甓、运甓翁等。

诗和典故

铁门限

人生老死天然故，何必铁门来限牢。
通达胸襟无憋气，一身寿骨自年高。

【典源】出自王梵志《世无百年人》："世无百年人，拟作千年调。打铁作门限，鬼见拍手笑。"
【典义】指为长久打算或为防范而采取的措施等。
【典词】千年铁门限、铁门限、铸铁门限等。

同舟敌国

神州筑梦如何好？立德关乎更久长。
若是狂风掀险浪，同舟敌国必然亡。

【典源】出自《史记·吴起列传》。武侯浮西河而下，中流，顾而谓吴起曰，山河之固，魏国之宝。起对曰，在德不在险。……若不修德，舟中之人尽为敌国也。
【典义】指众叛亲离；借指乘船同行。
【典词】敌国同舟、隐若敌国、在德不在险、舟中敌国等。

卫鹤轩冕

滥竽充数无声韵，好鹤乘轩有位行。
笑看人间何谬闹，虚而受禄遂功名。

【典源】出自《左传·闵公二年》:"卫懿公好鹤,鹤有乘轩者。将战,国人受甲者皆曰,使鹤,鹤实有禄位,余焉能战!"

【典义】形容人无功受禄,滥竽充数;咏鹤。

【典词】乘轩、乘轩宠、乘轩鹤、宠鹤、大夫轩、鹤乘轩等。

网开三面

严严四面皆罗网,必是青山鸟兽空。
惟有施仁罘罝解,人间万物自兴隆。

【典源】出自《吕氏春秋·异用》:汤见祝网者置四面,其祝曰:从天坠者,从地出者,从四方来者,皆离(罹)吾网。汤曰:嘻,尽之矣!非桀其孰为此也?汤收其三面,置其一面。

【典义】形容法网宽大,给以生路;咏狩猎等。

【典词】解网、解网祝禽、开三面网、去三面罗、商王解网、汤网等。

瓮间毕卓

人生得意流霞醉,也有杜康能解愁。
酒鬼使君情百态,瓮边毕卓乐于偷。

【典源】出自《太平御览》引王隐《晋书》曰:"毕卓为吏

部郎,性嗜酒,邻舍郎官酒熟,卓因醉,夜至其瓮间盗饮之,为掌酒者所缚,旦视之,乃毕卓吏部也。"

【典义】形容好饮嗜酒,狂放不拘礼俗。

【典词】抱瓮、毕卓盗窃、扶毕卓、吏部开瓮、吏部眠、邻家瓮等。

我醉欲眠

交杯俗礼不拘随,先醉欲眠君自离。
有酒情真如县令,人生至乐莫迟疑。

【典源】出自萧统《陶渊明传》:"贵贱造之者,有酒辄设,渊明若先醉,便语客:'我醉欲眠,卿可去。'其真率如此。"

【典义】形容人直率放达,不拘俗礼;指酒醉。

【典词】君且归休、君醉我且归、我醉卿还、吾自眠、醉眠陶令等。

卧榻人争睡

远古专权帝业成,威来八面自纵横。
他人若有机心鬼,我榻旁边岂睡争?

【典源】出自《类说》引杨亿《谈苑》:太祖曰,不须多言,江南有何罪?但天下一家,卧榻之侧,岂可许他人鼾睡?

【典义】形容自己的势力范围不容别人染指。

【典词】鼾睡他人、鼾睡卧榻侧、那容鼻鼾存等。

吴门白马

人老眼花衰弱微,阊门白马见依稀。
飞尘滚滚犹难望,迷局形同着彩衣。

【典源】出自《论衡·书虚》:"颜渊与孔子俱上鲁太山。孔子东南望,吴阊门外有系白马。引颜渊,指以示之,曰:若见吴阊门乎?颜曰,见之。孔曰:门外何有?曰:有如系练之状。"
【典义】指极目远望或目力衰弱。
【典词】白马如练、白马吴阊、白马吴门、白马之望、辨马等。

吴牛喘月

弱不禁风一病残,琉璃光透觉身寒。
如同喘月吴牛怯,也似伤弓雁鸟看。

【典源】出自《风俗通》:"吴牛望月则喘,使之苦于日,见月怖喘矣。"
【典义】比喻人因遇到类似的事情而胆怯;也指酷热天。
【典词】喘月、见月妄喘、牛喘、吴牛、笑吴牛等。

吴下阿蒙

虽读诗文无计数,还如吴下昔阿蒙。

平生再是昏头混，有日登堂岂顺通？

【典源】出自《江表传》。孙权谓吕蒙及蒋钦曰：卿今并当涂掌事，宜学问自开益。蒙曰：在军中常苦多务，恐不容复读书。权曰：我不是叫你钻书成博士，不过涉猎见往事耳。蒙始就学，笃志不倦，旧儒不胜。鲁肃拍吕蒙之背曰：非复吴下阿蒙。

【典义】称变化显著，有不小长进；或反其意用之，谦指自己没有长进。

【典词】阿蒙碌碌、阿蒙吴下、怪阿蒙、吴中阿蒙等。

献凤楚门

昔古朝官皆忠示，千般解数万花红。
从前楚客山鸡献，他日仍然说凤同。

【典源】出自《尹文子·大道上》。路人视山鸡为凤凰，十金加倍买下，欲献楚王，可当晚而死，恨不得以献王，国人传之，全以为真凤凰，遂闻楚王，感其忠心，召而厚赐之。

【典义】形容人不辨真伪，以假为真。

【典词】伪凤悦楚、以雉为凤、重价求山鸡等。

向平婚嫁

儿女成婚交代毕，离家了却累凡尘。

周游自得余生乐，应效向平终一身。

【典源】出自《艺文类聚》引嵇康《高士传》。向长，字子平，隐居不仕，安贫乐道。等子嫁娶毕，处理好家事，并嘱家人不心找他，当如我死矣。与同好游五岳名山，不知所在。

【典义】形容隐士离家漫游，安度晚年；以"婚嫁累"指家中俗事繁累。

【典词】毕婚嫁、毕娶、嫁娶毕、了婚嫁、尚平婚、尚子愿等。

雄鸡惮牺

凡间奉庙死雄鸡，多少惮牺飞泪啼。
有此生灵修佛供，甘心断尾戒人提。

【典源】出自《左传·昭公二十二年》：宾孟适郊，见雄鸡自断其尾。问之，侍者曰："自惮其牺也。"杜预注：畏其为牺牲奉宗庙，故自残毁。

【典义】形容人自我隐美，甘于无用。

【典词】宾孟鸡、惮牺鸡、断尾、断尾雄鸡等。

绣文倚市

纵目营营绮陌街，偏偏末业最堪佳。
书生不信诗能富，倚市绣文情岂怀？

【典源】出自《史记·货殖列传》："夫用贫求富，农不如工，工不如商，刺绣文不如倚市门，此言末业，贫者之资也。"
【典义】形容正业不如末业；泛指非正当的谋生手段。
【典词】刺绣文、胜倚市、休工刺绣文、倚市、倚市门等。

荀生得御

背有依阳好照身，山无傍水不为春。
甘当俯首趋炎客，得御荀生拜路尘。

【典源】出自司马彪《续汉书》。荀爽尝谒李膺，并为其驾车，回去高兴地说：今日我为李君驾车。仰慕如此。
【典义】形容与名人贤士来往，感到荣耀。
【典词】登御之车、为李君御、荀托御、荀御、御李等。

雅歌投壶

吟诗会友常行酒，更是投壶雅兴歌。
难得人生知己老，清樽一醉又如何？

【典源】出自谢承《后汉书》。"祭遵为将军，取士皆用儒术，对酒设乐，必雅歌投壶。"
【典义】形容武将有儒雅的风度；咏饮宴之事。
【典词】宾从投壶、投壶、投壶歌兴、投壶接高宴、祭壶等。

燕然勒铭

淬励将军一大班，不知谁在顾燕山。
封勋应效铭功勒，才会千秋溢世寰。

【典源】出自《北堂书钞》引张璠《汉纪》曰："窦宪字伯度，拜车骑将军，与北单于战于稽落山，大破之。窦宪登燕然山，刻石以纪汉功，纪威德也。"

【典义】表达立业边关的决心，抒发英雄气概；或文士作文纪功。

【典词】功业燕然、勒功比宪、勒铭、勒石、勒燕然、铭山等。

燕昭市骏

都说人才杰出难，声声求渴盼芝兰。
若能市骏千金买，个个奇贤岂一般？

【典源】出自《战国策·燕策一》。燕昭王收破燕后即位，卑身厚币，以招贤者，欲将以报仇。故往见郭隗先生……对曰今王诚欲致士，先从隗始。为隗筑宫而师之。

【典义】形容诚心求贤或人才杰出。

【典词】白骨千金、骏骨、骏骨黄金、买骏、求骏、市骏等。

颜公乞米书

颜公入木三分字,帖出家贫乞米书。
谁信才情能作饭,堪怜学富五余车。

【典源】颜真卿,后人称颜平原或颜鲁公,他的《与李太保乞米帖》曰:拙于生事,举家食粥,来已数月。今又罄竭。故令投告,惠及少米。

【典义】指向人借贷或家贫无米。

【典词】从人乞米、贷米书、鲁公乞米、平原乞米、乞米书等。

雁默先烹

嫌贫劫富人间有,怕硬不成欺软成。
还是中庸行万里,无声落雁总先烹。

【典源】出自《庄子·山木》:"夫子出于山,舍于故人之家。故人喜,命竖子杀雁而烹之。竖子请曰:'其一能鸣,其一不能鸣,请奚杀?'主人曰:'杀不能鸣者。'"

【典义】比喻无才者先淘汰。

【典词】悲雁、不鸣烹、不鸣雁、木雁、烹不鸣雁等。

野鹜家鸡

年来闻道某书客,子弟挥毫不一般。

野鹜飞天遮日照，家鸡染墨有谁看？

【典源】出自《太平御览》引《晋书》：庾征西翼书云，……小儿辈贱家鸡，爱野雉，皆学逸少（王羲之字逸少）书，须吾下当比之。

【典义】形容书法风格；形容喜新奇而厌常法。

【典词】家鸡、家鸡堪爱、家鸡野鹄、夸家鸡、怜野鹜等。

蝇求附骥

谁人还怕上天难，应效苍蝇附骥鞍。
只要追随名望客，香熏朽木胜芝兰。

【典源】出自《史记·伯夷列传》："颜渊虽笃学，附骥尾而行益显。"《东观汉记·隗器》："光武与隗器书曰：苍蝇之飞，不过三数步，托骥之尾，得以绝群。"

【典义】形容追随先辈、名人而出名受益。

【典词】附骥、附骥尾、附骥蝇、骥尾等。

郢书燕说

夜半窗前阅古书，眼皮欲合字浮虚。
不知就里查经典，举烛也难疑惑除。

【典源】出自《韩非子·外储说左上》：郢人有遗燕相国书

者，夜书，火不明，因谓持烛者曰："举烛。"云而过书"举烛"，举烛，非常书也。燕相受书曰，举烛者，尚明也，举贤而任之。王悦，国以治。

【典义】指穿凿附会，曲解原意。

【典词】持用举贤人、举烛、明非举烛、燕君书误、燕说等。

鹬蚌相争

堪怜鹬蚌苦相争，互扼深虞系死生。
造化欺侵皆有具，从来矛盾永随行。

【典源】出自《战国策·燕策二》：赵且伐燕，苏代为燕谓惠王曰：今者臣来，过易水，见蚌方出曝，而鹬啄其肉，蚌合而拑其喙……两者不肯相舍，渔者得而并禽之。

【典义】形容两败俱伤，第三者因而得利。

【典词】蚌鹬、蚌鹬斗食、鹬蚌持、鹬蚌相扼等。

袁安卧雪

袁安贫士有天知，大雪临门举荐时。
岂止先生孤困塞，民间冻卧死无为。

【典源】出自《后汉书·袁安传》李贤注引《汝南先贤传》：时大雪积地丈余，洛阳令身出案行，至袁安门，无有行路,令人除雪入户,见安僵卧。问安何以不出,安曰,大雪人皆饿,不宜干人。

【典义】形容士人清操自守,生活贫寒;也以咏雪。

【典词】闭门高卧、闭门僵卧、长安卧雪、冻卧袁安等。

月旦评

纵有吟诗结社多,人才济济但须磨。
时评不见雌雄决,借得筛箕月旦罗。

【典源】出自《后汉书·许劭列传》。许劭与许靖俱有高名,好共核论乡党人物,每月辄更其品题,故汝南俗有"月旦评"焉。月旦:农历每月初一。

【典义】形容评论人物、作品,定其高下,多指权威性的评论。

【典词】旦评、评月旦、汝南评、许评、许氏评等。

臧穀亡羊

古人臧穀亡羊语,又是补牢宽慰心。
别看闲词无所读,凡尘道上最金音。

【典源】出自《庄子·骈拇》。臧与穀二人,相与牧羊,而俱亡其羊,问臧奚事,则挟策读书,问穀奚事,则博塞以游。二人者,事业不同,其于亡羊均也。

【典义】比喻不专心本业而有所失误。

【典词】痴儿臧穀、穀亡羊、亡羊、亡羊人等。

炙手可热

周知独坐揽全权，终败群驱落没鸢。
炙手炎来须减热，适中而止可安眠。

【典源】出自杜甫《丽人行》：炙手可热势绝伦，慎莫近前丞相嗔。

【典义】形容权贵势焰很盛。

【典词】莫炙权门火、炙手、炙手成热等。

危同累卵

从商生意雪花融，岂可沿途漏水穷。
切记经营盲目出，危同累卵落成空。

【典源】出自《韩非子·十过》：故曹小国也，而迫于晋、楚之间，其君之危犹累卵也。

【典义】形容极其危险之事。

【典词】功名累卵、累卵、累卵之危、累壳等。

楚狂接舆

胡言乱语岂无科？自有荆条一大箩。

若是同开千网眼,谁还敢唱楚狂歌。

【典源】出自《论语·微子》:楚狂接舆歌而过孔子曰:"凤兮凤兮!何德之衰?往者不可谏,来者犹可追。已而,已而!今之从政者殆而!"孔子下,欲与之言。趋而辟之,不得与之言。

【典义】指人狂言。

【典词】楚狂歌、楚狂人、楚狂、楚狂声、狂接舆等。

英雄入彀

自古红尘多宦客,堪称入彀算英雄。
只因利禄如垂钓,多少功名烟灭中。

【典源】出自五代·王定保《唐摭言》:盖文皇帝修文偃武,天赞神授,尝私幸端门,见新进士缀行而出,喜曰:天下英雄入吾彀中矣!

【典义】比喻就范或入圈套。

【典词】入彀、入彀英雄、英雄彀、入网罗等。

春服舞雩

岁月匆匆鬓已衰,城中倦客故乡归。
风光在野情无限,也享舞雩春服衣。

【典源】出自《论语·先进》。孔子问曾点的志向,对曰:

愿在三月里，换春装，冠者五六人，童子六七人，浴乎沂（水），风乎舞雩，咏而归。孔叹曰：吾与点也。

【典义】形容春光、春景；形容志向不俗。

【典词】春风浴沂、风舞、既成春服、舞雩、沂水弦歌、雩风、雩沂之舞、浴沂、浴沂曾点、曾点服等。

章台走马

昔日章台曾御马，归来便面也风流。
无须礼数任评说，一走了之情自悠。

【典源】出自《汉书·张敞传》：张敞为京兆尹，朝廷每有大议，引古今，处便宜，公卿皆服，天子数从之。然敞无威仪，时罢朝会，过走马章台街，使御吏驱，自以便面（扇子）拊马。

【典义】指京都繁华之地；也指冶游之事。

【典词】便面章台、过章台、京兆马、骏马拊便面、立马章台、马过章台等。

分光邻女

因贫少烛借光求，赊得勤劳苦作酬。
但愿夜间堪日出，分明济困照千秋。

【典源】出自刘向《列女传》。齐女徐吾者，与邻妇李吾之属会烛相从夜绩。徐吾最贫而蜡烛不够数，李吾谓其属曰：徐吾烛数不属，请无与夜也。徐吾曰：是何言与？妾以贫烛不属之故，起常早，息常后，打扫房间，……夫一室之中，益一人烛不为暗，损一人烛不为明，何爱东壁之余光。

【典义】求得别人的帮助。

【典词】东壁辉、分光、分光邻女、分辉、假邻光、借余光、邻烛余光、余照等。

十六、才智

白鹭览清波，小鱼带路飞。

夏虫疑冰

井蛙不信沧溟阔，夏日活虫难识冰。
莫笑微生皆短浅，人间造化未全能。

【典源】出自《庄子·秋水》："井蛙不可语于海者，拘于虚也；夏虫不可语于冰者，笃于时也。"
【典义】形容人见闻短浅，无法理喻。
【典词】虫疑冰、虫语夏时冰、难与夏虫语、夏虫冰等。

辩口谈天

入训科班健口才，谈天衍地似声雷。
图文多数葫芦画，一样花腔八股裁。

【典源】出自《史记·孟子荀卿列传》。战国时齐国人邹衍是有名的学者辩士。一开口就是天地万物，尽说天地间的事，时人称为"谈天衍"。
【典义】形容人善于雄辩；或言谈漫无边际。
【典义】辨析天口、侈天口、口道邹衍、谈天、谈天邹等。

轮扁斫轮

古圣传经几许真，缘书体悟语难陈。
摇头晃脑千篇读，所学操刀愧斫轮。

【典源】出自《庄子·天道》：齐桓公在堂读书，轮扁在堂下砍木头做车轮，轮扁说桓公读古人死书，从我砍轮来说，其中不快不慢的奥妙是难以用言语表达的。

【典义】形容人经验丰富，技艺精湛。

【典词】惭轮扁、愧斫轮、轮扁秘、轮扁语斤、斫轮手等。

不龟手药

使物寻常得法成，人无贵贱善才生。
不龟手药漂丝困，用上吴军水战赢。

【典源】出自《庄子·逍遥游》。宋国有人善于制作一种使手不皲裂的药，世世代代用于漂洗丝绵为生，有客闻之，请求高价购买他的药方，买到后用于水兵打仗，士兵手脚不裂，打败越军。

【典义】形容得法使用平常之物，便可发挥更大作用。

【典词】不龟手、不龟手药、不龟之术、龟手、龟手药等。

陈平宰社

人心患寡无须畏，最是均分自古难。
若有陈平来宰社，砣绳一抹世间安。

【典源】出自《史记·陈丞相世家》：里中社，平为宰，分肉食甚均。父老曰："善，陈孺子为宰！"平曰："嗟乎，使平得

宰天下，亦如是肉矣。"

【典义】称人办事公平或大有才干。

【典词】陈平分肉、陈平社、陈平司宰割、社肉必均等。

赐墙及肩

门坎低来易探知，围墙数仞势难窥。
我诗不及齐肩壁，睹奥无藏众笑嗤。

【典源】出自《论语·子张》。叔孙武叔语大夫于朝曰：子贡贤于孔子。子贡听到曰：我墙与肩齐，都能见到里面，孔子墙数仞，没有进门就看不到里面的豪华。

【典义】指学识相差尚远；以"数仞墙"形容学识深博。

【典词】赐墙及肩、赐也墙、夫子墙、及肩墙、及墙藩、孔室深、丘墙、数仞难窥等。

道韫诗丽

路边苦李无人摘，涧底甘泉有客临。
不是谢家飘雪拟，谁知道韫丽诗吟？

【典源】出自《世说新语·言语》：谢太傅雪日内集，与儿女讲论文义。俄而雪骤，公欣然曰："白雪纷纷何所似？"兄子胡儿曰："撒盐空中差可拟。"兄女道韫曰："未若柳絮因风起。"公大笑乐。

【典义】指女子才华出众；咏雪、柳絮。

【典词】白花发咏、堆盐、风絮韫、柳絮才高、柳絮之诗、拟絮、谢家柳絮、谢家咏雪等。

绠短汲深

混迹江湖几十年，风霜白发感茫然。

欲从万卷寻真谛，短绠汲深依旧悬。

【典源】出自《庄子·至乐》。小布袋不可以装大的物体，短绠不可以汲深井之泉。

【典义】形容浅学者不能悟深理或能力有限，力不胜任。

【典词】惭短绠、短绠、短绳、绠短、井绠、井下短绠、愧短绠等。

沟中木断

当今盛世多才俊，闻道登庸论赏功。

也有风尘人事变，宛如木断弃沟中。

【典源】出自《庄子·天地》："百年之木，破为牺尊，青黄而文之，其断在沟中。比牺尊于沟中之断，则美恶有间矣，其于失性一也。"

【典义】借指被弃置不用之人。

【典词】沟中断、沟中木、沟中木断、沟中之纳、羡牺樽等。

河东三箧

央苑诗花六季开，丛英荟萃秀吟才。
河东三箧随心诵，一举惊天问鼎来。

【典源】出自《汉书·张安世传》。汉武帝行幸河东，丢失三箱书籍，召问其他人都不记得，只有问张安世才记清书目。
【典义】形容搜求佚书或记忆超群。
【典词】安世默识、安世诵亡书、汉箧亡、三箧、三箧亡书等。

画饼充饥

解渴思梅稍有趣，充饥画饼更无聊。
黎元最恨沽名誉，府吏吹牛乐此道。

【典源】出自《三国志·魏书·卢毓传》。有些名士沽名钓誉，明帝厌之。选举莫取名气，名气如画在地上的饼，不可啖也。
【典义】指虚有其名，没有实用。
【典词】画饼、充饥画饼、画饼浮名、画地饼等。

画虎类狗

邯郸失步路难行，画虎堪摹类狗成。

乱取经书盲目学，屠龙高技只虚名。

【典源】出自《东观汉记·马援》："学龙伯高不就，犹为谨敕之士，所谓刻鹄不成尚类鹜者也。效季良不得，陷为天下轻薄子，所谓画虎不成反类狗者也。"

【典义】形容仿效不成，反而不伦不类。

【典词】等画虎、虎难摹、虎拙休言画、画虎、画虎翻类狗等。

疾雷破柱

入袖清风度晚秋，何惊窗外冷飕飕。
纵然破柱天雷疾，依旧翻书自若悠。

【典源】出自《世说新语·雅量》：夏侯玄倚柱作书，雷击柱不惊，书亦如故。又诸葛诞倚柱读书，雷震柱，诞自若。

【典义】形容人胆量过人，处变不惊；形容雷电。

【典词】雷破柱、破柱、庭柱裂、倚柱、倚柱惊雷等。

冀北群空

冀北群空伯乐收，民间骏马却闲游。
因由阡陌无人顾，依旧高才隐一丘。

【典源】出自《左传·昭公四年》："冀之北土，马之所

生。"唐·韩愈《送温处士赴河阳军序》："伯乐一过冀北之野，而马群遂空。"

【典义】形容人才优秀超群或荐识人才。

【典词】北群空、伯乐空群、冀北空、冀马、冀眼、空凡马群、空群等。

井底之蛙

井底鸣蛙堪笑鳖，矮人看戏只空闻。
不知地厚天高远，妄自骄尊岂乱云。

【典源】出自《庄子·秋水》："井蛙不可以语于海者，拘于虚也。"

【典义】形容见闻狭隘，妄自尊大的人。

【典词】井底鸣蛙、井底蛙、井蛙、坎井等。

柯亭奇竹

柯亭旧事有人云，竹笛遗音不见闻。
都说群英皆绽放，为何花落乱纷纷？

【典源】出自《艺文类聚》引《伏滔长笛赋序》：蔡邕在柯亭，以竹为椽，观之以为做笛良材，果然如此。

【典义】指被埋没的人才或善于识才辨物；咏笛。

【典词】椽笛、笛亭柯、看椽有笛、柯笛、柯亭椽等。

刻烛赋诗

昔人雅兴常相聚，刻烛吟诗一寸成。
笑我穷搜难入寐，文思不及古才情。

【典源】出自《南史·王僧孺传》。一批文人刻烛为诗，打铜钵立韵，响灭则诗成。
【典义】形容文思敏捷或文人集会赋诗。
【典词】挥毫记烛、击钵、击钵催、刻烛、刻烛分笺、叩钵等。

凌云健笔

陶令情衷篱菊下，相如健笔上凌云。
千秋才调天人意，肯付心思自赋分。

【典源】出自《史记·司马相如列传》。司马相如擅赋，作《大人赋》献武帝，帝读后大喜，觉得飘飘欲仙，仿佛凌云遨游。
【典义】称颂文笔纵横，才气非凡。
【典词】多才飘飘气、赋就凌云、凌云才调、凌云气、马卿词赋等。

陆海潘江

八斗才高本喻殊，潘江陆海更惊呼。

古人学富堪宏量，自叹文华不足觚。

【典源】出自钟嵘《诗品》：（谢混）常言：陆（机）才如海，潘（岳）才如江。
【典义】比喻学识渊深宏富。
【典词】陆海、陆潘、潘江、文河、文江等。

扪虱雄谈

风尘路上身生虱，抱策雄谈痒自扪。
对此桓温称罕事，恐今笑你一猴狲。

【典源】出自《续晋阳秋》。王猛在桓温面前，他一面纵论天下，一面手伸襟里捉虱子，旁若无人。
【典义】形容人胸怀才略，谈吐不凡，态度从容而不拘小节。
【典词】被褐、扪虱、扪虱剧谈、虱常扪、王猛傲睨、雄谈扪虱等。

南郭吹竽

平生学诵不堪听，众里吹竽混过庭。
怕是邀吾来独奏，犹如南郭露原形。

【典源】出自《韩非子·内储说上》。齐宣王使人吹竽，必三百人，南郭混进。湣王即位，喜独奏，南郭无法充数，逃之。

【典义】形容没有真才实学，不称其职；以次充好，假冒充数。

【典词】吹竽、吹竽混真、混吹、伎同南郭、滥吹、滥竽、齐竽等。

牛铎有宫商

蚁斗蜗争入典章，风摇牛铎谱宫商。
凡间万物有灵性，莫道草微无用场。

【典源】出自《晋书·荀勖传》。荀善音律，于路逢贾人赶牛车过，听牛铃铛声，帮助谱曲。悉送牛铎，果得谐者。

【典义】指人或物虽低微但有用。

【典词】贾人铎、牛车铎、牛铎、牛铎调黄钟、牛铎有宫商等。

牛渚高咏

吟诗上网新风尚，结社交朋识俊才。
遥想袁宏高咏夜，心期牛渚谢公来。

【典源】出自《世说新语·文学》。袁宏字彦伯，靠运租米过活，曾夜里咏自己的诗作，谢尚守牛渚时听到，大赞不已，从此出名。

【典义】形容诗文俊逸受到赏识推崇。

【典词】估船运租、客舟闻咏史、临汝运租、牛渚泛舟、袁宏夜吟等。

弄獐贻笑

初来乍到诗坛里，学浅才疏拜旧儒。
应记生男璋以庆，深忧獐误笑哥奴。

【典源】出自《旧唐书·李林甫传》。李林甫（小字哥奴）为相，才学浅陋，不识"杕杜"何读，"弄璋之庆"写成"弄獐之庆"，成笑柄。古人以"弄璋"贺人得子。

【典义】形容才疏学浅，出乖露丑；或戏用以贺人生子。

【典词】弄獐书、弄獐书贺、弄獐贻笑、笑杕杜、字误獐等。

披云睹青天

四海茫茫经济困，何时披雾睹青天。
挠头断发仍无绪，阔论玄师也乱弦。

【典源】出自《世说新语·赏誉》。卫瓘字伯玉，为尚书令，见乐广与中朝名士谈议，奇之曰：自昔诸人没已来，常恐微言将绝。今乃复闻斯言于君矣。命子弟拜访乐广，说：这人是水镜也，见之若披云雾睹青天。

【典义】形容人言论精彩，富有识鉴，使人受益。

【典词】睹青天、披雾、水镜、雾开天、雾一披、乐广披云等。

破贼折屐

世事沉浮千万变，听凭圆缺月从容。
围棋起落心宽举，折屐谢安情甚浓。

【典源】出自《世说新语·雅量》。谢安（字安石）当淝水大捷传来时，他正与人下棋，了无喜色，棋如故。下完回内室，心甚喜，过门限时不觉屐齿碰断了。

【典义】形容人沉着冷静，有大将风度；形容心情高兴，喜不自禁。

【典词】齿折屐、屐折、屐折围棋、喜折屐等。

麒麟楦

周知表面工程计，不见何人被革除。
也许麒麟披顺手，管他牵马换真驴。

【典源】出自《太平广记》引《朝野佥载》。杨炯词学优长，恃才简倨，不容于时，把朝官看作披麒麟皮的驴。

【典义】指人徒有其表而无真才实学。

【典词】画麒麟、麟楦、楦麒麟等。

器乓南金

西苑高楼月照台，华灯初上似蓬莱。
街来街往红尘客，原是南金器重才。

【典源】出自《晋书·薛兼传》。薛兼同当时南方纪瞻、闵鸿、顾荣、贺循四位人才齐名，号为"五俊"。张华见他们说是"南地好金"，顾荣也称为"南金"。
【典义】称扬出类拔萃的人才，特指南方优秀人才。
【典词】焕若南金、南金、许顾荣等。

黔驴之技

雄心勃勃上高山，着手催春拔病营。
使命声嘶全力拚，黔驴技尽虎讥讪。

【典源】出自柳宗元《黔之驴》。黔无驴，有好事者船载以入，虎见之，驴初鸣，虎恐，然往来视之，稍近，蹄之，技止此耳。
【典义】形容徒有其表，本领有限。
【典词】技穷黔驴、黔驴、穷技黔驴、三蹄无技等。

墙面而立

生来不定真牛客，惟有才情化慧身。

若是无心求上进，宛如正面立墙人。

【典源】出自《尚书·周官》："不学墙面，莅事惟烦。"《论语·阳货》：不学《周南》《召南》，其犹正墙面而立也与。
【典义】形容不学无术，一无所见。
【典词】面墙、面墙叹、面正墙、墙面、墙面难用等。

青钱万选

又闻某校功名绶，花样千般改异弦。
桃李文华香醇醇，不如昔日选青钱。

【典源】出自《新唐书·张荐传》。张鷟字文成，考功员外郎赞其文犹青铜钱，万选万中，时号"青钱学士"。
【典义】称誉人诗文精妙，才华出众。
【典词】青钱万选、青钱选、青钱学士、万选钱等。

清谈挥麈

红尘筑梦皆豪语，舞麈清谈羽乱飞。
又道玄言同旧体，风流百世共芳菲。

【典源】出自《太平御览》引《郭子》。孙盛（字安国）善谈玄理，争论时挥动麈尾。另《世说新语·容止》载，王衍清谈玄理，手中掌拿白玉柄麈尾。

【典义】形容人善于辩论谈玄，意兴飞扬。

【典词】挥谈柄、挥犀柄、挥麈尾、谈柄、谈麈、玉麈挥等。

虱处裈中

蛙沉井底乐观天，虱处裈中自闭拴。
如此蜗居难见识，安能炫世管山川。

【典源】出自《晋书·阮籍传》：阮籍归著《大人先生传》其略曰：所谓君子，惟法是修，惟礼是克。……独不见群虱之处裈中，逃乎深缝，自以为吉宅也。

【典义】形容人见识浅陋，庸碌无为。

【典词】裈处、裈虱、虱处缝、虱处裈等。

屠龙破产

神州万校裁云巧，解尽千金独技供。
妙手成春堪用世，原来无处可屠龙。

【典源】出自《庄子·列御寇》："朱泙漫学屠龙于支离益，单千金之家，三年技成，而无所用其巧。"

【典义】指高超的技艺、学问；或指艰巨的事业。

【典词】龙屠、龙希莫学屠、屠龙、屠龙殚家、屠龙技、屠龙事业等。

五凤楼

昔日三苏逝水流,至今未见类诗留。
基因疑是无文脉,只许他修五凤楼。

【典源】出自曾慥《类说》引《谈苑》曰:韩洎语人曰,吾兄为文,如绳枢草舍……予之为文,是造五凤楼手。

【典义】指人有文才,善于写作。

【典词】凤楼修、凤楼修造手、五凤修成、修五凤楼等。

小时了了

从前虎馆少年班,个个小时聪了蛮。
长大不知谁建树,人经岁久老成顽。

【典源】出自《世说新语·言语》。孔融十岁时,随父亲到洛阳。他去拜访李膺时,自称与他是世家通好(孔融与孔子同姓,李膺与老子同姓,故称),客人们无不称奇。这时陈韪来到,曰:"小时了了,大未必佳。"孔融曰:"想君小时,必当了了。"陈韪大踧踖。

【典义】称誉轻年人、少儿才华优秀,聪敏过人;"通家孔李"指两家是世好、亲戚。

【典词】大不必佳、孔李通家、夸了了、累代通家、小时聪了等。

谢庭兰玉

芝兰总爱种阶庭,自个门前玉树馨。
好似儿孙珠在掌,随身近眼灿如星。

【典源】出自《艺文类聚》引《语林》。谢安曾问诸子侄,子弟何预人事,……无人应对。谢玄曰:"譬如芝兰玉树,欲使生于阶庭。"

【典义】形容子弟出类拔萃;称誉他人子弟。

【典词】芳庭树、阶除玉、阶庭兰玉、阶庭秀芝兰、庭下兰玉等。

管窥蠡测

管窥无异井蛙天,蠡测岂知书海渊。
远古幽文充栋宇,非持一物识宏篇。

【典源】出自《汉书·东方朔传》。竹管观天,天很小,瓢量海水,只舀起一些。

【典义】形容见识狭隘浅陋或浅薄无法理解高深。

【典词】测海窥天、持蠡测海、管窥、管蠡、窥管、窥天、握管窥天等。

十七、教育

春风草上,不止一朵。

聚萤照书

忆昔童年勤夜读，寒窗常聚照书萤。
而今老了昏花眼，即举灯笼不识丁。

【典源】出自《世说新语·识鉴》。车胤字武子，就学恭勤，家贫不得油，聚萤照明苦读。
【典义】形容寒士勤勉攻读；咏萤。
【典词】窗萤、读书萤、对萤、聚萤、聚萤武子、倦萤透隙、囊萤、秋萤照窗等。

孔鲤趋庭

严亲旧日无缘学，却对孩儿费苦心。
每每趋庭都必问，犹如孔鲤沐甘霖。

【典源】出自《论语·季氏》：陈亢问于伯鱼（孔子的儿子，名孔鲤）曰："子亦有异闻乎?"对曰："未也。尝独立，鲤趋而过庭。曰：'学诗乎?'对曰：'未也。''不学诗，无以言。'鲤退而学诗。他日又独立，鲤趋而过庭。曰：'学礼乎?'对曰：'未也。''不学礼，无以立。'鲤退而学礼。"
【典义】指学生、晚辈受到老师、长辈的教诲。
【典词】奉训趋庭、过庭训、过庭语、过庭子弟、孔庭、鲤对、鲤趋、庭训等。

马融绛帐

满地悄然私塾立，马融绛帐竟风流。
贫寒学子真无奈，唯有朱门敢应酬。

【典源】出自《东观汉记·马融》。马融字季长，扶风人，博通经籍，常坐高堂，施绛纱帐，前授生徒，后列女乐，弟子以次相传，鲜有入其室者。

【典义】指师长传授学业；形容授徒之所。

【典词】传纱帐、扶风帐、绛纱、绛帷、绛幄、绛帐先生等。

龙虎榜

遍野诗林虎榜书，繁花雨打一堆墟。
不知李杜何曾奖，万古风骚谁胜渠？

【典源】出自《新唐书·文艺传下·欧阳詹传》。欧阳詹字行周……举进士，与韩愈、李观、李绛等一批人联第，皆天下选，时称"龙虎榜"。

【典义】指科举考试及第榜；泛指各种排名榜、竞赛榜等。

【典词】虎榜、龙榜、龙虎日、名标虎榜等。

牛角挂书

远古晨耕经挂角，西窗映雪集囊萤。

而今学子春光好，更盼书声动夜星。

【典源】出自《新唐书·李密传》：李密乘牛，挂《汉书》一帙角上，行且读。

【典义】形容刻苦攻读。

【典词】挂汉书、挂牛角、角挂经、角上汉书、骑牛读汉书等。

太乙燃藜

吟窗夜坐到黎明，不见燃藜太乙精。
亦羡刘君天帝顾，只愁我辈卒无名。

【典源】出自王嘉《拾遗记》。刘向夜读时，有老人，着黄衣，植青藜杖，吹杖烟然，助其读。此乃太一之精。

【典义】形容夜读或勤学；形容高人传授。

【典词】吹藜、阁上青藜、藜杖有青烟、青藜独照、青藜火、太一青藜等。

熊胆课儿

千古萱堂贤教子，养儿更盼课儿乖。
寒窗苦读尝熊胆，回味才知母爱怀。

【典源】出自《新唐书·柳仲郢传》。仲郢字谕蒙，其母善训子，尝和熊胆丸，使夜咀咽以助勤。

【典义】指贤母教子；或形容苦读。

【典词】胆作丸、事熊胆、丸熊、熊胆口中苦、熊胆丸等。

遗子一经

家财万贯何为贵，败道儿孙受不禁。

只在相传留种德，一经遗子胜黄金。

【典源】出自《汉书·韦贤传》。韦贤有四子，俱通晓经籍，仕宦显达。所以邹鲁谚曰："遗子黄金满籯，不如一经。"

【典义】称扬人诗书传家，教子有方。

【典词】传家一经、传经、传经韦相、黄金满籯、教子一经等。

带经耘锄

昔人牛角挂书香，又有带经耕作郎。

劝学成儒千古意，万般难比佩衿强。

【典源】出自《三国志·魏书·常林传》裴松之注引《魏略》。常林少单贫，天性好学，汉末为诸生时，带经耕锄。

【典义】称赞穷人而好学。

【典词】带经锄、经锄、经带耕田、兒宽芸耨等。

董生下帷

董生三载未游园，治学专精入室门。
草上春风堪到此，树人何恐不枝繁。

【典源】出自《史记·儒林列传·董仲舒传》：董仲舒，下帷讲诵，弟子传以久次相受业，或莫见其面，盖三年董仲舒不观于舍园，其精如此。

【典义】形容人治学专精。

【典词】不窥园、董帷、董园、董子帷、三年不窥园、下书帷等。

伏生藏壁

自古儒生爱书籍，壁藏授业惠千秋。
秦皇若是魂无灭，也许九泉难掩羞。

【典源】出自《史记·儒林列传》。伏生者，济南人也。秦时焚书，伏生壁藏之。汉定后，伏生发掘藏书，用来在齐鲁之间授业。

【典义】指传授经书学术。

【典词】传经伏生、济南生、济南书、遗经、逸书等。

槐花黄举子忙

四十年前一场考，浑如举子趁槐黄。

虽无求荐朝中入,也有终身食肉香。

【典源】出自李淖《秦中岁时记》：进士下第,当年七月复献新文,求拔解,曰：槐花黄,举子忙。

【典义】形容儒生备战考试。

【典词】槐催举子、槐花举、槐花眼前黄、槐黄、黄花忙等。

师门立雪

今夜榕城楼月明,容吾问字叩门声。
南方立雪观银色,入室才知堂奥宏。

【典源】出自《宋史·杨时传》："至是,又见程颐于洛阳,时盖年四十矣,一日见颐,颐偶瞑坐,时与游酢侍立不去。颐既觉,则门外雪深一尺矣。"

【典义】形容尊师重道,苦心求教。

【典词】程门雪、立程门、立尽门前雪、立雪、立雪程门等。

一傅众咻

如今教育已伤筋,一傅楚咻难作耘。
立志成龙谁可学,犹忧误子染烟熏。

【典源】出自《孟子·滕文公下》：一齐人傅之，众楚人咻之。虽日挞而求其齐也，不可得矣。

【典义】指客观环境的影响，形容众口纷纭，妄加议论。

【典词】楚咻、齐咻、忘齐语、咻已伙、众齐咻楚等。

载酒问字

欲问扬雄古奇字，须携壶酒拜师门。
随蓝只要真情在，受业无妨礼数尊。

【典源】出自《汉书·扬雄传》。刘棻尝从扬雄学作奇字，雄以病免。雄家贫，又好酒，时有好事者载酒肴从游学，侯芭常从雄居，学习他著《太玄》《法言》。

【典义】形容从师受业，请教学习。

【典词】侯芭、问奇字、问字、问字酒、载酒太玄宅、扬雄字等。

凿壁偷光

昔有偷光凿壁人，今来蹭网乞书邻。
贫家览卷皆能耐，自古兰芝在野春。

【典源】出自晋·葛洪《西京杂记》。匡衡字稚圭，勤学而无烛，邻舍有烛而不逮，衡乃穿壁引其光，以书映光而读之。

【典义】形容刻苦读书。

【典词】壁后匡衡、穿壁、穿邻舍壁、穿墙、假余光、邻壁等。

韦编三绝

有感吾家一兄弟,寒窗苦读绝韦编。
万般珠宝可轻视,立业从来尽上贤。

【典源】出自《史记·孔子世家》:孔子晚而喜《易》……读《易》,韦编三绝。曰:假我数年,若是,我于《易》则彬彬矣。

【典义】形容勤奋苦读,精研细究。

【典词】编绝、编三绝、绝韦、绝韦编、易韦三绝等。

高凤麦流

专心不二非容易,风雨人生难静酬。
若似文通痴挟策,三餐何物甚堪忧。

【典源】出自《东观汉记·高凤》。高凤字文通,诵读昼夜不停,妻尝之田,曝麦于庭,以竿授凤,凤受竿诵经如故,天暴雨,不觉潦水流麦。《后汉书·高凤传》亦载。

【典义】形容下雨;指读书专心之人。

【典词】高凤麦、流麦士、麦流、麦飘风雨、麦漂雨、飘麦、文通麦等。

磨穿铁砚

滴水成河流不尽,磨穿铁砚暖西窗。
殷勤苦读韦编绝,终会吟诗汲海江。

【典源】出自《新五代史·桑维翰传》。桑维翰去应进士考试,因"桑""丧"同音,考官厌其姓,黜之,有人劝他勿试,他持铁砚曰,铁砚穿,乃改业。终于及第。

【典义】形容人立志坚定不移;也形容苦读勤学。

【典词】磨铁砚、铁砚穿、铁砚磨成等。

十八、文化

百花齐放,百家争鸣。

高山流水

借问人间何寂寞，无非琴断已无声。
此生最盼一知己，却叹红尘各顾营。

【典源】出自《吕氏春秋·本味》：伯牙鼓琴，钟子期听之。方鼓琴而志在太山，钟子期曰：善哉乎鼓琴，巍巍乎若太山。少选之间，而志在流水，钟子期又曰：善哉乎鼓琴，汤汤乎若流水。钟子期死，伯牙破琴绝弦，终身不复鼓琴。

【典义】比喻知己或知音；也比喻乐曲高妙。

【典词】伯牙高山、伯牙毁弦、伯牙琴、断弦人、绝弦、流水琴、钟期耳等。

书 种

吾家严父贫民老，教子趋庭寄语长。
世代相传文种耳，无关富贵嗣书香。

【典源】出自宋·周密《齐东野语》。裴度常训其子云：凡吾辈但可令文种无绝。然其间有成功，能致身万乘之相，则天也。黄庭坚也说："似祖裴语，特易文种为书种耳。"

【典义】指世代相承的书香门第后代。

【典词】传书种、读书种子、书有种、书种在等。

羯鼓唤花

玄宗羯鼓唤花情，得意催春杏柳萌。
好似灵妃能解语，魂归坡上始方惊。

【典源】出自南卓《羯鼓录》。二月初，景物明丽。玄宗爱击羯鼓，奏《春光好》一曲，神思自得，及顾柳芽、杏花绽放，指而笑，此一事，不唤我作天公行吗？

【典义】形容音乐高妙；或咏花事。

【典词】催花鼓、花发要人催、羯鼓催春雷、羯鼓唤花、羯鼓声催等。

孔壁遗经

恭王尚敬壁藏书，孔宅遗经得以归。
但愿今人堪效此，文明古国自芳菲。

【典源】出自《汉书·鲁恭王传》。秦朝焚书时，孔安国的先祖子襄将书藏在屋内夹壁中。鲁恭王将孔子旧宅拆毁，在屋壁中发现孔氏先人所藏的经书，归还孔家。

【典义】指古代典籍；咏有关史事。

【典词】壁藏书、壁经、壁中书、传经鲁壁、孔壁、鲁壁等。

南面百城

风尘道上千军马,追逐封侯拥万间。
南面百城惊梦后,方知贵在腹中书。

【典源】出自《魏书·李谧传》:李谧曰,丈夫拥书万卷,何假南面百城。遂弃产营书,手自删削,卷无重复者四千余矣。
【典义】形容家中藏书极丰;形容以读书自娱。
【典词】百城、百城高拥、百城图史、书城、拥百城等。

周郎顾曲

风流不识琴声调,哪有知音顾曲郎?
难得红尘情意在,也来一误动芳香。

【典源】出自《三国志·吴书·周瑜传》:瑜少精意于音乐,其有阙误,瑜必知之,知之必顾,故时人曰:曲有误,周郎顾。
【典义】形容人对音乐精通;指席上欣赏音乐;也指知音或情人。
【典词】顾曲、顾曲多情、顾曲中误、回头顾曲、曲误动周郎等。

伶伦凤律

每逢盛世歌声舞,凤律伶伦笛管吹。

万壑松风流水合，晨鸡乱了报天时。

【典源】出自《吕氏春秋·古乐》。昔黄帝令伶伦作为律，伶伦取良竹制律管，按凤凰鸣声定十二律。

【典义】指精通音律之人、艺人；形容精美的音乐或笛箫等。

【典词】伶伦、伶伦管、伶伦学凤凰、伶伦游凤等。

歌动梁尘

岁除春晚屏中看，歌动梁尘万户村。
盛世常闻伶凤律，更听元旦献辞言。

【典源】出自刘向《别录》："有丽人歌赋，汉兴以来，善雅歌者，鲁人虞公，发声清哀，盖动梁尘。"

【典义】赞扬歌声响亮、美妙。

【典词】避梁尘、唱梁尘、尘落雕梁、动梁埃、飞尘等。

桓玄寒具油

千秋书画当如玉，珍贵休将寒具油。
更有儒生同命惜，留存敬畏数风流。

【典源】出自檀道鸾《续晋阳秋》："桓玄好蓄法书名画，客至，常出而观。客食寒具，油污其画，后遂不设寒具。"注：

寒具为一种油炸食品。

【典义】形容观赏书画、爱惜书画。

【典词】寒具触、寒具污、客无寒具手、忍污寒具油等。

黄庭换鹅

同窗叙旧随情至,满眼龙蛇入室墙。
更似群鹅归逸少,原来寸纸百般香。

【典源】出自《晋书·王羲之传》。山阴有一道士,养好鹅,羲之往观焉,意甚悦,固求市之。道士云:为写《道德经》,当举群相赠耳。羲之欣然写毕,笼鹅而归,甚以为乐。在《太平御览》中一作《黄庭经》。

【典义】指书法作品精妙;咏鹅。

【典词】白鹅书、博白鹅、道士鹅、鹅费羲之墨、鹅群帖、换鹅等。

句好鸡林

古人居易工诗切,句好鸡林国外收。
已至今朝谁荐远,才高不见比唐优。

【典源】出自《新唐书·白居易传》:居易于文章精切,然最工诗,当时士人争传。鸡林行贾售其国相,率篇易一金,甚伪者,相辄能辨之。

【典义】称赞诗文传播广远，负有盛名。
【典词】鸡林鉴裁、鸡林诗句、流播鸡林、诗入鸡林等。

南楼高兴

如今物化诗文里，不见南楼雅兴情。
夜月依然千古亮，请留风骨一壶清。

【典源】出自《世说新语·容止》。庾太尉（亮）在武昌，秋夜气佳景清，使吏殷浩、王胡之之徒登南楼理咏。俄而庾亮率左右十许人步来，诸贤欲起避之，公徐云：诸君少住，老子于此处兴复不浅！便坐胡床上，与诸人吟咏谈笑。
【典义】形容文人雅集吟咏。
【典词】高兴在南楼、胡床谈笑、老子南楼、南楼庾亮、庾楼等。

霓裳羽衣曲

动地霓裳羽衣曲，风流千代说神仙。
当时看客堪知否，已化浮云舞后烟。

【典源】出自《太平广记》录《逸史》：开元中，中秋望夜，时玄宗于宫中玩月。见仙女数百，皆素练宽衣，舞于广庭。玄宗问曰：此何曲也？曰：霓裳羽衣也。玄宗召伶官，依其声调作《霓裳羽衣曲》。

【典义】形容精美音乐、舞曲；指安史之乱事。
【典词】惊破霓裳、霓裳、霓裳曲、霓裳舞等。

弃书捐剑

读书只会知名姓，学剑无非敌一人。

万马千军老夫用，江山社稷拥黎民。

【典源】出自《史记·项羽本纪》：项籍（字羽）少时，学书不成，去；学剑，又不成。项梁怒之，籍曰：书足以记名姓而已。剑一人敌，不足学，学万人敌。于是项梁乃教籍兵法，籍大喜。

【典义】指学习书、剑、兵法等。

【典词】敌万人、记名非项籍、万人敌、学书学剑、一夫之敌等。

三坟五典

中华简册如烟海，五典三坟数不清。

只怨才疏难睹奥，千秋永叹苦书生。

【典源】出自《左传·昭公十二年》：左史倚相趋过，王曰：是良史也，子善视之。是能读三坟、五典、八索、九丘。杜预注：皆古书名。

【典义】泛指古代典籍。

【典词】八索九丘、典坟、读书夸左史、坟典、丘坟等。

窗中谈鸡

羁旅生涯岁月忙，未曾闻到古诗香。
休归始觉才堪用，静夜谈鸡韵味长。

【典源】出自《艺文类聚》。宋处宗，尝买得一只鸣鸡，珍爱之，置笼于窗前。鸡作人语，与处宗长谈，因而宋言巧大进。
【典义】借指书斋、书室；或指谈论诗文等。
【典词】窗中谈鸡、鸡窗、鸡谈、鸡谭、鸡语等。

十九、写作

笔触人间,自有底色。

一字千金

吕氏春秋说古今,精文一字值千金。
风流到此谁能越,再盼高才喜降临。

【典源】出自《史记·吕不韦列传》。吕不韦乃使其客人人著所闻,集论以为八览、六论、十二纪,二十余万言,号曰《吕氏春秋》。布咸阳市门,悬千金其上,能增损一字者予千金。

【典义】形容诗文精妙,价值极高。

【典词】挂秦金、吕览千金市、千金字、睎价咸阳市、字直千金等。

八咏楼

犹忆风流八咏诗,却愁不见旧楼基。
原来大手难寻觅,此地无须复古时。

【典源】出自《金华府志》:八咏诗,南齐隆昌元年,太守沈约(任东阳郡太守)所作,题于元(玄)畅楼,时号绝唱。后人因元畅楼为八咏楼云。

【典义】指诗文秀丽;咏金华风物。

【典词】登楼八咏、东阳楼、沈楼、沈约八咏楼等。

楯鼻磨墨

文人义气时常见,更有荀君楯墨书。

但愿心存松竹节，留些道骨又何如？

【典源】出自《北史·荀济传》：荀济字子通，其先颍川人，世居江左。济初与梁武帝布衣交，知梁武当王，然负气不服，谓人曰：会楯上磨墨作檄文。
【典义】形容文人气势凡响，豪迈气概。
【典词】盾鼻试残墨、楯叶干、楯墨、横磨墨盾等。

郊寒岛瘦

青山草木本无心，付与情思却有音。
诗意人生随性韵，可堪郊岛苦穷吟。

【典源】出自苏轼《祭柳子玉文》："元（稹）轻白（居易）俗，（孟）郊寒（贾）岛瘦。"二人好苦语，诗风清寒瘦硬。
【典义】形容诗人苦吟；指诗人命运穷困。
【典词】寒郊、岛瘦、郊岛、郊穷、诗穷孟郊等。

贾岛佛

何故推敲千古颂，悠关实景守真情。
无须岛佛闭门拜，应取灞桥风雪声。

【典源】出自辛文房《唐才子传》。李洞，字才江，家贫，吟极苦，至废寝食。酷慕贾长江，遂铜写岛像，戴之巾中。常

持数珠念贾岛佛，一日千遍。仰慕之切，这无异念佛经。

【典义】形容作诗苦涩，诗品为人仰慕。

【典词】岛佛、岛佛之金、黄金铸贾岛、能诗岛佛等。

穷愁著书

书生穷困不为奇，只怕空愁志向移。
应效虞卿勤著述，春秋载册古今垂。

【典源】出自《史记·虞卿列传》。虞卿为赵国上卿，为救魏齐，弃位奔魏，后在魏穷困，乃著书，书称《虞氏春秋》。

【典义】指穷困人从事著述。

【典词】孤愤虞卿、穷愁著书、虞卿著春秋、著穷愁等。

李贺锦囊

闭户经书思妙句，不如放野问春光。
诗行天下寻真意，拾遍山河入锦囊。

【典源】出自李商隐《李贺小传》。李贺（昌谷人）常带小奴仆，骑瘦驴，背旧锦囊，每得佳句，即入囊中，及暮归，太夫人见所写书多，曰：是儿要当呕心始已耳。

【典义】形容刻苦写诗。

【典词】昌谷空囊、古锦、古锦囊、锦囊、囊句、囊开古锦、囊中绣句等。

写遍芭蕉

昔岁临池无尽墨,从今学种写芭蕉。
何忧到老闲消日,练就草书归自聊。

【典源】出自陆羽撰《僧怀素传》。怀素擅长草书,因贫无纸,乃种芭蕉万余株,以供挥洒。
【典义】形容勤奋学习书法。
【典词】栽蕉、种芭蕉学草书、展芭蕉等。

灞桥诗思

古有苦吟拈断须,闭门索句得愁无。
谁知我辈诗灵处,思在灞桥风雪呼。

【典源】出自《北梦琐言》卷七。唐相国郑綮,有诗名。有人问郑綮:相国近有新诗否?对曰:诗思在灞桥风雪中驴子上,此处何以得之。
【典义】指出在真实的情景下,文思泉涌,写出佳作。
【典词】灞桥风雪、灞桥诗句、苦吟托驴背、驴背无诗思、觅句灞桥、桥边得句、诗情似灞桥、雪中骑驴、吟风雪等。

长康三绝

擅作丹青何谓绝?宛如顾画目迟成。

观人四体无关相,一点传神最要睛。

【典源】出自《晋书·顾恺之传》。顾恺之字长康,小字虎头,擅长作画,画人有时几年不画眼睛,有人问他,他说:四体美丑,本来无关于妙处,传神写照,正在这里。世称恺之有才绝、画绝、痴绝。

【典义】指人画画有神妙奇绝;或指人有痴气。

【典词】长康痴、痴号、痴虎头、痴绝、顾虎头、虎头痴、虎头画手、虎头妙笔等。

雕肝琢肾

想要吟哦出韵新,何须切夜苦伤神。
诗成本自随情性,琢肾雕肝反失真。

【典源】出自韩愈《赠崔立之评事》诗:"劝君韬养待征招,不用雕琢愁肝肾。"

【典义】比喻写作刻意锤炼;形容苦心求工。

【典词】愁肝肾、雕肺肝、雕肝镂肾、雕心刻肝、刽心鉥肾、搜索肾胃、雕肝掐肾等。

东涂西抹

东涂西抹忆曾经,只叹微官未勒铭。
幸好青门瓜味美,归耕并有步闲庭。

【典源】出自王定保《唐摭言》。薛逢晚年失意,被斥"回避新进士",回遣曰:阿婆三五少年时,也曾东涂西抹来。
【典义】谦称自己随便写写诗文;指少年得意时光。
【典词】阿婆三五、阿婆忆年时、东抹西涂、三五阿婆等。

汉上题襟

熏风暖绿春天树,一夜诗花遍地开。
汉上题襟吟不少,情真难极古人才。

【典源】出自王安石《奉酬约之见招》诗:"况复能招我,亲题汉上衿。"李壁注:唐段成式退居襄阳时,与李商隐、温庭筠彼此书信往来,诗文唱和,称为"汉上题襟"。
【典义】形容文人吟诗唱和。
【典词】汉上襟、锦襟题句、题留汉上襟、席上题襟等。

翰林风月

千牛充栋成编简,多少诗文万古香。
纵览翰林风月色,书生才气自华芳。

【典源】出自欧阳修《赠王介甫》诗:"翰林风月三千首,吏部文章二百年。"是欧阳修赠王安石诗,赞王的诗文出众,可比李白等。
【典义】形容人诗文出色超群。
【典词】翰林风月三千首、翰林风月等。

将军竞病

苍头白雪临西景,把酒凭栏玩月杯。
偶尔吟诗三两句,推敲竞病自豪来。

【典源】出自《南史·曹景宗传》。将军景宗参加分韵联句,只剩下"竞、病"二字,挥笔作诗,片刻而就。其辞曰:"去时儿女悲,归来笳鼓竞。借问行路人,何如霍去病。"帝叹不已,约及朝贤惊嗟竟日。

【典义】指分韵赋诗;诗情豪迈。

【典词】病竞、歌竞病等。

洛阳纸贵

忧闻国学涂膏药,病象丛生只拜钱。
梦鸟不成难振翼,更无纸贵洛阳传。

【典源】出自《晋书·左思传》。左思用十年时间写就《三都赋》,又请当时名士作序,豪贵之家竞相传写,洛阳为之纸贵。

【典义】形容作品为世所重,流传一时。

【典词】都中纸贵、贵纸、洛阳价增纸、满地传都赋、纸贵京师等。

三纸无驴

文山秀丽书生苦,会海风流世事悠。
乐此无驴三纸券,优哉度日写春秋。

【典源】出自颜之推《颜氏家训·勉学》曰:"博士买驴,书券三纸,未有驴字。使汝以此为师,令人气塞。"
【典义】形容文字繁冗,不切要害。
【典词】博士书驴券、驴券、书驴券等。

吴带曹衣

吴带当风飘逸动,曹衣出水贴身穿。
前人画像堪神妙,后辈无颜羞见贤。

【典源】出自郭若虚《论曹吴体法》。曹(仲达)善画佛像,所画衣服紧贴于身,如人刚出水一般,称为"曹衣出水"。吴(道子)所画衣衫飘逸轻举,如迎风飘扬,称为"吴带当风"。
【典义】形容画师技法生动或衣衫飘逸柔美。
【典词】吴衣曹带、吴带当风等。

谢安吟

新诗是以北京音,越客书生拥鼻吟。

但笑人间腔异调，虽言梦境孰容心？

【典源】出自《世说新语·雅量》刘孝标注引《文章志》："安能作洛下书生咏，而少有鼻疾，语音浊。后名流多学其咏，弗能及，手掩鼻而吟焉。"

【典义】形容吟咏诗文，有所寄托。

【典词】洛生咏、洛下咏、掩鼻愁咏、拥鼻、拥鼻吟等。

掷地金声

初心誓语皆豪迈，掷地金声敢作篇。
梦境华胥描绘就，高歌还盼负行肩。

【典源】出自《世说新语·文学》："孙兴公作《天台赋》成，以示范荣期，云：卿试掷地，要作金石声。"

【典义】形容文章优美；指文才拔萃。

【典词】出金石、声金、金石声、掷地等。

冰柱雪车

退休告老已闲情，览卷西窗借月明。
亦苦思诗勤作笔，雪车冰柱句难成。

【典源】出自《新唐书·刘叉传》：刘能为歌诗，然恃故时所负，不能俯仰贵人，常穿屦破衣。曾作《冰柱》《雪车》二诗,出卢仝、孟郊右。

【典义】指诗文佳作。

【典词】冰车健笔、刘叉写冰柱、雪车冰柱等。

晒腹中书

成竹在胸曾有数,中书晒腹亦听闻。
才人笔下皆风味,自信先生独妙云。

【典源】出自《世说新语·排调》:郝隆七月七日出日中仰卧,人问其故,答曰:我晒书。

【典义】形容人诗书满腹,学识渊博。

【典词】腹中书时晒、曝腹、晒腹、晒腹人等。

獭祭鱼

吟诗作赋犹流水,岂可堆辞獭祭鱼。
杂锦斑斑虽艳丽,不如一点染红蕖。

【典源】出自《礼记·月令》:"鱼上冰,獭祭鱼,鸿雁来。"宋·吴炯《五总志》:"唐李商隐为文,多检阅书史,鳞次堆积左右,时谓为獭祭鱼。"

【典义】形容春景;指诗文堆积辞藻、罗列典事。

【典词】祭鱼时见獭、獭祭等。

二十、佛道

佛道在人心，阳光自破云。

白马驮经

经传白马知多少，只见炉烟化片云。
何必千岑求佛法，身边问道岂空闻？

【典源】出自杨炫之《洛阳伽蓝记》：白马寺，汉明帝所立也，佛入中国之始。明帝派使臣去天竺寻求佛法，使臣以白马驮经而回。
【典义】咏佛寺或求经之事。
【典词】经传白马、驮经马、白马度千岑等。

丰干骑虎

修行道士多奇异，骑虎丰干世所歌。
不管禅师何寄语，人间谁信此经过。

【典源】出自道原《景德传灯录》。唐代天台丰干禅师，传有异行，曾骑虎入寺，经房内也见虎迹纵横。赞宁《宋高僧传》亦载。
【典义】指僧人修行之事。
【典词】丰干虎、骑虎随丰干等。

龙听夜讲

昔日经书说高妙，龙听夜讲更传神。

何须借物迷云雾，上帝仁心是否真？

【典源】出自牛僧孺《幽怪录》：无言和尚讲《法华经》，有老翁立听毕，乘风云而去。众惊问之，曰：洱水龙也。毕仲询《幕府燕闲录》亦载。

【典义】形容讲经说法高妙。

【典词】龙化老人、龙听法、听法龙、老龙听经等。

子乔笙鹤

世上吹笙多少事，传闻太子独成仙。
风流只合修行道，百姓无缘见鹤天。

【典源】出自刘向《列仙传》：王子乔者，周灵王太子晋也。好吹笙，作凤凰鸣。由道士浮丘公接以上嵩高山。三十余年，见桓良曰：告我家人，七月七日待我于缑氏山巅。至时，果乘白鹤驻山头，举手谢时人，数日而去。

【典义】形容修道成仙。

【典词】乘鹤缑山、吹笙、吹笙仙人、凤笙游云、跨鹤吹笙、七日期仙等。

金华牧羊

九年面壁何曾久，四十余秋问月长。
要有恒心修一道，也能唤石变成羊。

【典源】出自葛洪《神仙传》。皇初平被道人领至金华山中牧羊，四十年未归，兄多次寻他，都未找到，后遇一道士告诉才找到初平，已见初平能唤石成羊。

【典义】指隐居山中修道；咏仙道之事。

【典词】白羊成队、鞭石仙人、初平期、初平羊、金华牧羊、乱石似羊、群羊化石等。

斧柯烂

人生易老二毛衰，世事沧桑日月移。
梦里观棋残局后，归乡不见旧年时。

【典源】出自任昉《述异记》：晋时王质入石室山伐木，见几个童子边下棋边唱歌，就在旁边观之。俄顷，童子问王质怎么不回去，王质起身时发现斧柯尽烂，归到乡里，无复时人。

【典义】喻世事变迁；形容下棋。

【典词】斧柯烂、斧柯年、观棋曾朽、柯催、柯斧、柯烂、柯烂忘归、烂斧、烂柯人等。

壶中天地

壶中境界隔尘埃，不是凡人可进来。
有道神仙奔净月，嫦娥追悔感悲催。

【典源】出自葛洪《神仙传·壶公》：仙人壶公，不知姓名。见白天卖药，晚上跳入葫芦中。别人都看不见，只有费长房看到。

【典义】形容仙家神通变化；咏仙境等。

【典词】观世玉壶、壶公、壶公术、壶里乾坤、壶天、壶中别有家、壶中日月等。

虎闻讲法

听经猛虎堪摇尾，足见修行造物功。
出世凡间非圣哲，若无教化性灵空。

【典源】出自普济《五灯会元》：老虎听法后都能皈修。
【典义】形容佛法感化之事。
【典词】虎听经、听法虎、听法石於菟、听经虎等。

鸡犬飞升

梦里丹宫景色明，何来犬吠又鸡鸣。
家禽啄舐仙丹药，也会飞天得道行。

【典源】出自王充《论衡·道虚》。淮南王刘安，在院里炼丹药，被家禽啄舐，鸡犬也都升天，犬吠于天上，鸡鸣于云中。
【典义】形容得道升天；指攀附权贵而得以升迁。
【典词】飞鸡犬、淮南鸡、淮南犬、淮王鸡犬、鸡犬偷仙药、鸡犬云中、仙家鸡犬等。

嵇康羡王烈

求人问佛看机缘，恰似无心柳自然。
莫说嵇康难道骨，几多有恨不成仙。

【典源】出自《晋书·嵇康传》：王烈与嵇康共入山，王得到似糖的石髓，自食半，余半与康，可是凝为石了。王烈叹：叔夜（嵇康）有求仙得道但无机缘，这是命啊。

【典义】咏求仙得道或无缘得道。

【典词】逢石髓、嵇康乏仙骨、留石髓、青泥、王烈髓、于仙绝缘等。

橘内仙翁

庆幸初秋冠已挂，悠然自得卧南山。
闲来种橘精神爽，也效仙翁乐此间。

【典源】出自牛僧孺《玄怪录》：有巴邛人，家有橘园。霜后，诸橘尽收，只剩两大橘，剖开一看，每橘里有二老叟在下棋，橘中之乐。

【典义】咏仙人事；也咏下棋事。

【典词】赌玉尘、玉袜输、橘叟棋、橘中乐、橘中全局、橘中深趣等。

麻姑搔背

谁无痛痒关肤切,最好寻医不信神。
若念麻姑搔背妙,招来鸡爪反伤身。

【典源】出自葛洪《神仙传》。神仙麻姑,会撒米成珠。麻姑的指甲很长,如同鸟爪一样。神仙方平知道蔡经想让麻姑搔背,让人把蔡经牵去鞭打,只见鞭子却不见拿鞭子的人。
【典义】形容仙家神通变化。
【典词】丹化米、方平神鞭、粒成珠、麻姑鸟爪、麻姑戏、麻仙爪等。

木羊随葛由

汗马有功难上天,木羊随葛却成仙。
世间人事机缘巧,一到绥山得道先。

【典源】出自刘向《列仙传》。仙人葛由喜刻木羊卖,后骑羊入蜀,蜀中王侯贵人追之,上绥山,皆得道成仙。
【典义】咏仙道之事。
【典词】骑羊、骑羊子、绥岭桃、绥山穴等。

二十一、仕宦

不可随心膨胀，自有荆条约束。

蔡泽栖迟

皆知蔡泽栖迟丑,卜笑封侯跃马年。
能否逢时无定数,浮云何足问苍天。

【典源】出自《史记·蔡泽列传》。蔡泽者,燕国人,四处游说都不被赏识任用,请求唐举给自己卜相,蔡知道卜相取笑之意后,对驾车人说,我丰衣足食,跃马疾驱,有这样的富贵,四十三年足矣。

【典义】指人尚未显达,但有志向;借指卜相。

【典词】才非唐举知、蔡泽年寿、蔡泽无媒、唐生决疑、问封侯、问唐举、跃马年等。

名覆金瓯

家家望子豫章材,解数千般筑梦魁。
一日金瓯名覆上,桃花十里笑颜开。

【典源】出自李德裕《次柳氏旧闻》:玄宗善八分书,每当任命宰相,皆以御笔书其名,置案上。太子进来,玄宗举起金瓯盖上其名。对太子曰:这是宰相姓名,你知道是谁吗?

【典义】指人堪任将相,为栋梁之材。

【典词】覆瓯、金瓯覆、金瓯覆字、金瓯名姓、相国金瓯等。

广平风度

梅花霜雪见精神，松直犹如傲骨身。
面对人间云蔽日，广平风度岂生仁？

【典源】出自唐·皮日休《桃花赋序》：余尝慕广平之为相，贞姿劲质，刚态毅状。然观其所写《梅花赋》，柔婉绮丽，殊不类其为人也。宋璟为玄宗时名相，封广平郡公。

【典义】咏梅花；指刚直不阿之人。

【典词】肝肠铁石、广平赋、广平心似铁、铁肠、铁石心肠、心如铁、广平肠等。

政成驯雉

高人有爱小童心，泽雉及雏虫不侵。
昔日尚能仁政德，为朝何处怕螟吟？

【典源】出自《艺文类聚》卷一百引《东观汉记》曰："鲁恭为中牟令，时郡国螟伤稼，犬牙缘界，不入中牟。河南尹袁安闻之，疑其不实，使仁恕掾肥亲往察之。恭随行阡陌，俱坐桑下，有雉过止其傍。傍有童儿，亲曰：'何不捕之？'儿言：'雉方将雏。'亲曰：'所以来者，欲察君之治迹耳。今虫不犯境，此一异也；化及鸟兽，此二异也；竖子有仁心，三异也。'具以状白安。"《后汉书·鲁恭列传》亦载。

【典义】称誉地方官吏的政绩。

【典词】雏雉必怀、鲁恭化、鲁雉、柔桑驯雉、善政驯雉、驯雉等。

史鱼秉直

自古言君多苦逼,史鱼尸谏更悲催。
人间屡有忠臣死,难唤朝廷醒觉来。

【典源】出自《论语·卫灵公》。史鱼是卫国大夫,卫灵公信用佞臣,只有史鱼敢直言进谏,生以身谏,死以尸谏,可谓直矣!

【典义】指臣子直言进谏。

【典词】史鱼谏卫、史鱼厉节、史鱼之风、史鱼直、直道史鱼等。

治境无虎

传闻治境清明景,更喜江山虎渡河。
还望前行除小鬼,苍蝇也会起风波。

【典源】出自谢承《后汉书》:刘昆迁弘农太守,先是崤险,驿道多虎灾,昆为政三年,仁化大行,虎皆负子渡河而去,再无伤害平民。

【典义】称誉地方官吏政绩优良。

【典词】渡河之兽、虎渡江、渡虎、虎知去境等。

京洛风尘

历代都城堪筑梦,痴情客旅要津依。
不知京洛寒潮恶,多少风尘染素衣。

【典源】出自陆机《为顾彦先赠妇二首》:"辞家远行游,悠悠三千里。京洛多风尘,素衣化为缁……"
【典义】形容追逐功名利禄;指京城的烦嚣尘世。
【典词】长安尘、尘化两京衣、尘起洛阳风、帝京尘、风尘化客衣、京洛化衣、染素衣等。

堕泪碑

人事沧桑时变化,春秋依旧感蹉跎。
羊公堕泪碑残在,试问人生有几何?

【典源】出自《太平御览》。羊祜登临岘山玩,他对同游者喟然叹曰:"自有宇宙,便有此山,由来贤达胜士,登此远望如我与卿者多矣,皆湮灭无闻,使人悲伤!如百年后有知,魂魄犹应登此山也。"感慨流涕,后人在此立碑,称"堕泪碑"。
【典义】追怀先贤政绩;感慨人世沧桑变化。
【典词】碑堕泪、碑寒岘首、碑同岘首、悲羊、堕泪碑、泪碑、泪堕片石、岘山碑、公羊泪等。

碧纱笼句

昔岁难闻未饭钟，今朝旧句碧纱笼。
前贫后贵何殊味？惯看炎凉俗世风。

【典源】出自《唐摭言》卷七。王播少孤贫，随僧食，遭僧人厌烦，僧人提前吃饭，然后敲钟通知吃饭。后来官居高位，以前所题之诗句现在被僧人用碧纱罩护。

【典义】形容世态炎凉，以势取人；指对题诗的赏识和珍爱。

【典词】碧纱之笼、护碧纱、笼纱、纱笼素碧、诗壁无纱、未饭钟、饭后钟等。

丙吉问牛

不管斗伤无计数，可堪吉问喘吁牛。
谁知职所关心处，正是民间疾苦由。

【典源】出自《汉书·丙吉传》。丞相丙吉出巡，遇见百姓互殴，死伤横道，吉过而不问。逢人逐牛，却过问牛为何喘气。

【典义】称扬官吏关心民间疾苦。

【典词】丞相问牛、喘牛、喘牛必问、牛喘关心、问喘、问喘牛、相车问牛喘等。

苍鹰乳虎

苍鹰侧目街无鼠,大道不规人乱行。
治郡如同狼放牧,直教乳虎闭牙声。

【典源】出自《史记·酷吏列传》。是时民朴,畏罪自重。而郅都严厉执法,不避皇亲国戚,号称"苍鹰"。又有宁成治理百姓,其治如狼放牧羊。
【典义】指执法严酷;也指司法官吏。
【典词】苍鹰、宁成怒、乳虎、乳兽、郅都鹰等。

纮鼓留公

常怀清政邓攸卿,百姓留歌爱戴情。
今有亲民官府意,纮如五鼓几回鸣?

【典源】出自《晋书·邓攸传》:邓攸在郡刑政清明,不受一钱,百姓欢悦。后离职,夜中发舟,民留不住,歌曰:"纮如打五鼓,鸡鸣天欲曙。"
【典义】形容官吏有政绩,受百姓爱戴。
【典词】纮鼓催鸡、纮鼓留公、邓挽、扁舟挽不回、去谣曙鼓、五鼓之歌等。

董宣强项

千古寄情松雪直,犹同强项压难回。

黎元急盼清刚吏，老是声嘶唤不来。

【典源】出自《艺文类聚》。董宣为洛阳令，宁平公主乳母奴白日杀人，董宣去执法，格杀之。刘秀帝叫他向公主赔罪，被按住也不听，始终不肯低头。

【典义】形容不畏权贵，执法不阿。

【典词】强项、强项不屈、强项翁、项似董宣等。

负弩前驱

每逢莅视高官到，负弩前驱出郭迎。

自古风尘何类似，基因一脉血缘生。

【典源】出自《史记·司马相如列传》："（司马相如）至蜀，蜀太守以下郊迎，县令负弩矢前驱，蜀人以为宠。"

【典义】形容官长莅临，迎接隆重；或得任官职，心愿实现。

【典词】邦君负弩、负弩、负矢还、前驱、先驱负弩、相如拥传、大弩吏先迎等。

甘棠遗爱

春雨随车解旱情，甘棠遗爱惠民生。

千秋仁政心犹在，梦里今官也学行。

【典源】出自《诗·召南·甘棠》。召公巡行正值农忙，故不入邑中，而在甘棠树下听断诉讼，处理政事。后世作《甘棠》而歌。

【典义】称颂官吏仁政爱民。

【典词】爱人怀树、爱棠、甘棠、甘棠不剪、甘棠惠化、故国栽棠、怀甘棠、人颂甘棠等。

公孙布被

民怨贪官醉梦生，奢靡无度恣横行。
而今八法从严治，更待公孙布被清。

【典源】出自《史记·平津侯列传》：平津侯公孙弘，为节俭，只盖布被子，只食脱皮粟，也不重肉，家中无积蓄。

【典义】称扬官吏生活俭朴，严于律己。

【典词】布被、餐脱粟、公孙布被、孙被、平津肉、孙弘被、脱粟布衣等。

合浦还珠

八项规章揽辔尘，清风明月又逢春。
还珠合浦黎民乐，占梦官廉气正淳。

【典源】出自《艺文类聚》引《后汉书》：孟尝任合浦太守，此地临海产珍珠，因前任刮尽，孟到任一年，去珠复还。

【典义】形容为官清廉为民；指物失而复得。

【典词】采珠非合浦、官廉合浦、合浦神君、合浦珠、还浦、还珠、还珠守等。

及瓜而代

花落花开几十秋，人生岁月逝川流。
瓜时而代归期到，慢步江山一望收。

【典源】出自《左传·庄公八年》：齐侯使连称、管至父戍葵丘。瓜时而往，曰："及瓜而代。"

【典义】指任职期满由他人接任；或指任期已满，归期已到。

【典词】瓜期、瓜时、瓜时未还、瓜戍、归期未及瓜、及瓜、及瓜代等。

汲黯卧理

沿街衮衮诸公过，不及长孺卧理明。
敢问苍天何所故，风尘积垢未除清。

【典源】出自《史记·汲黯列传》。汲黯字长孺，为东海太守，汲黯多病，卧闺阁内不出，东海得到大治。……又为淮阳太守，乃卧而治之，淮阳政清。

【典义】称扬为政清简，地方太平。

【典词】长孺卧淮阳、淮南卧理、淮阳绩、汲疾、卧理等。

借寇恂

为官一任存嘉绩,百姓怀恩自有情。
昔日寇恂千古颂,何时再见借留声。

【典源】出自《北堂书钞》引《续汉书》。颍川盗贼又起,帝派寇恂去平定,盗贼全部投降。离开时百姓向皇帝请求再借寇恂一年。
【典义】称颂官吏有政绩,受人爱戴挽留。
【典词】河内之借、借寇、寇恂留、一借之情、遮道更借等。

官滥羊头

分层林立迷花眼,台上诸公衮衮流。
历尽千年何类似,仍然官滥摆羊头。

【典源】出自《东观汉记·刘玄》:汉代刘玄朝政紊乱,所授官员尽是些商贩、厨夫等小人,穿衣戴帽没有一点儿仪行,像烂羊头。
【典义】指滥授官爵,官吏芜杂。
【典词】侯欲著羊头、烂羊、烂羊费官爵、烂羊侯、羊头等。

立仗马

君观立仗齐喑马，就日一身三品刍。
难怪人人顺从上，原来不用乱鸣驹。

【典源】出自《新唐书·李林甫传》。李林甫对谏官说，臣顺从就是，不可议也，如仪仗马一样，不鸣则用，一鸣就开除。
【典义】借指不敢直言的官吏。
【典词】马鸣被斥、马慵立仗、一鸣辄斥、用不鸣、仗下马等。

柳惠直道

由来直道黜连三，亦有康言七不堪。
可见红尘难任性，高情柳惠算痴男。

【典源】出自《论语·微子》：柳下惠（字季）为士师，三黜。南朝梁·江淹《稽中散言志》诗："柳惠善直道，孙登庶知人。"
【典义】指被罢官职或官场失意。
【典词】黜有三、柳季直道、柳下贤、三黜柳士师、直道由来黜等。

路鬼揶揄

世上朝官衮衮流，轮回追逐比轩裘。

今虽白发青衫服，小鬼揶揄亦不羞。

【典源】出自《世说新语·任诞》。晋代罗友，为人好学，不拘小节，又好酒，得不到任用。一次路上遇到鬼，极力揶揄他没当官。

【典义】指士人穷困淹蹇，求仕不成。

【典词】惭路鬼、鬼揶揄、送人作郡等。

绿野堂

草木逢秋凋叶落，履霜戒冻早先知。

红尘路断浮名客，绿野堂中饮酒诗。

【典源】出自《旧唐书·裴度传》。唐代裴度遭排挤退位后，将午桥庄的别墅命名为"绿野堂"，集山石泉林之胜，常聚友咏诗自乐。

【典义】形容文人雅士或官员退休，闲居园林。

【典词】晋公庐、绿野、绿野风烟、绿野贤、午桥、午桥泉石等。

马不入厩

从来腐败赂当差，不可轻心掉以乖。

有马如羊金似粟，都难入厩又于怀。

【典源】出自《后汉书·张奂列传》。张奂与诸羌人共击匈奴有功，羌人感其恩，赐马、赐金都不要，说，即使马像羊那样小，也不可入厩，金像粟那样小，也不可入我怀。

【典义】形容官吏清廉自醒。

【典词】马不入厩、马愿如羊、如羊如粟、有金如粟等。

卖剑买牛

满街游侠经商事，遍野荒田草木生。
以食为天千古训，扶农卖剑适安耕。

【典源】出自《汉书·龚遂传》。汉宣帝时，渤海各地发生饥荒，龚遂劝农卖剑买牛，卖刀买犊，督促百姓耕作，地方也太平起来。

【典义】形容官员劝民务农，弃商归农。

【典词】渤海风、持刀买黄犊、带牛、犊佩等。

明珠换绿珠

一入豪门易奢欲，寻常低唱浅斟迷。
拈花惹草风流笑，揽得绿珠情醉泥。

【典源】出自刘恂《岭表录异》。晋时，昔梁氏之女有容貌，名叫绿珠，石崇以三斛珍珠买下做妾。

【典义】表现达官显贵豪奢淫逸。

【典词】百斛明珠、斛量买婢、斛珠、量珠买娉婷、绿珠酬无价等。

幕府红莲

科班久已参研入，不见红莲幕府开。
问起何由常寂寞，一池污水没人才。

【典源】出自《南齐书·庾杲之传》。庾杲之为王俭卫军长史，时人呼俭府为入芙蓉池。府中幕僚皆为难得人才。
【典义】称美幕僚之人富有才干。
【典词】芙蓉幕、芙蓉王俭府、芙蓉之水、红莲渌水、红莲幕府、花府等。

鲇鱼上竹竿

基层小吏仕途难，软弱鲇鱼上竹竿。
多少苦辛终日老，桐风落叶怨天寒。

【典源】出自欧阳修《归田录》。梅尧臣工于诗作，以诗知名，三十年没任一职。修《唐书》时对妻说，修书可谓猢狲入布袋矣，妻对说，亦何异鲇鱼上竹竿耶！
【典义】指仕进之难。
【典词】鲇鱼缘竹竿、上竿鲇、上竿鱼、上竹鲇、鱼上竿等。

蒲鞭之政

严风何必催飘雪，多少履冰心颤寒。
自古昌明非猛政，蒲鞭仁法得天安。

【典源】出自《艺文类聚》引《东观汉记》。刘宽任南阳太守，能宽恕人，如果有过错，只用蒲鞭罚之。
【典义】形容官吏治政宽厚爱民，以仁服人。
【典词】鞭蒲、南阳苇杖、蒲鞭、蒲鞭使人畏、蒲鞭之政、施鞭蒲等。

褰帷广听

照样观花走马乡，车尘滚滚满街扬。
民声载道谁堪察，切盼褰帷听四方。

【典源】出自《艺文类聚》引谢承《后汉书》：旧典，骖驾垂赤帷裳，迎于州界。及贾琮任上，上车就命御者褰之，百城闻风，自然悚震。
【典义】称颂官吏亲民，体察民情。
【典词】北部丹帷、高褰太守车、褰帷、朱帷自举等。

秦镜照胆

鱼目混珠迷眼昏，阴奸暗鬼进朱轩。

愁无秦镜秉心照，满苑春声戏沐猿。

【典源】出自葛洪《西京杂记》。刘邦入咸阳宫，巡视库府，有方镜，能照人的内脏及邪心。秦始皇用以照宫人，胆张心动者则杀之。

【典义】形容明察奸恶；诠选公平透明；咏镜。

【典词】宝镜对胆清、方镜、见胆明镜、秦镜、秦宫宝镜、秦台镜等。

三刀入梦

家家望子三刀梦，个个书生驷马期。
富贵人间多少事，从来得失信由仪。

【典源】出自《太平御览》引《晋书·武纪》：王浚之在巴郡也，梦悬四刀于其上，甚恶之，浚主簿贺曰，夫三刀为州，而四为益一也，明府其临益州乎，果然。

【典义】形容官吏升迁；也指益州。

【典词】刀州、刀州梦、刀作字、梦刀、梦喜三刀、入梦三刀等。

单父鸣琴

安邦何必事躬亲，应效鸣琴单父臣。
简政清权为上计，能人用好满庭春。

【典源】出自《吕氏春秋·察贤》。宓不齐，字子贱，治理单父（单父为春秋鲁国邑名），弹鸣琴，身不下堂而单父治。

【典义】称誉官吏政清事简，治理有方。

【典词】宓贱琴、宓贱邑、宓弦、宓子弹琴、鸣琴、鸣弦、鸣弦坐等。

尚方请剑

自古忠君献媚迎，谁能请剑尚方行。
朱云不见深宫里，一派和颜盛世声。

【典源】出自《汉书·朱云传》。朱云直谏汉成帝，求赐尚方斩马剑，斩佞臣一人，上问：谁也？对曰：安昌侯张禹。上怒，欲斩之，云攀殿槛，槛折。

【典义】形容臣子不避权势，敢于直谏。

【典词】殿槛折、断马剑、断佞臣头、攀槛、请剑、上方请剑、身摧栏槛等。

五袴歌

描绘新村年月久，民间五袴未曾歌。
廉公政治名天下，学样无须会海多。

【典源】出自《后汉书·廉范列传》曰。廉范任蜀郡太守，原来禁民夜作以防火，民只好偷作，反而起火，因此废除。民乃歌之云：廉叔度（廉范），来何暮？不禁火，民安作，昔无襦，今五袴。

【典义】称誉地方官关心民间疾苦，治理有方。

【典词】楚谣襦袴、歌袴、歌来暮、歌廉、袴今襦昔等。

悬车告老

六旬已满及瓜时，半禄无车告老辞。

三十多年成倦客，回头一望叹栖迟。

【典源】出自《汉书·薛广德传》：广德乞骸骨，皆赐安车驷马……沛以为荣，悬其安车传子孙。

【典义】指官员告老还乡。

【典词】车先悬、齿及悬车、门悬致仕车、七十悬车、悬车等。

有脚阳春

阳春有脚百花开，万物熏风自作媒。

相道如能皆宋璟，民间何虑不安哉？

【典源】出自王仁裕《开元天宝遗事》："宋璟爱民恤物，朝野归美，时人咸谓璟为有脚阳春，言所至之处，如阳春煦物也。"

【典义】形容官吏有德政。

【典词】春风有脚、春脚到、春有脚、到处有阳春等。

有蟹无监

都说江湖螃蟹香,珍滋就怕受监尝。
红尘往往难双意,岂有为官如此当。

【典源】出自欧阳修《归田录》:往时有钱昆少卿者,嗜蟹,昆求补外郡,曰:但得有螃蟹无通判处,则可矣。
【典义】指为官不愿受监管;咏螃蟹。
【典词】不可无螃蟹、监州拘、无蟹有监州、有蟹之嘲等。

幼舆丘壑

丘壑低昂在我心,功名富贵与他襟。
人生自有情怀异,流水高山共此吟。

【典源】出自《世说新语·巧艺》:顾长康画谢幼舆在岩石里。人问其所以。顾曰:"谢云:一丘一壑,自谓过之。此子宜置丘壑中。"
【典义】指人寄情山林丘壑,不以仕宦为重。
【典词】丘壑可想、丘壑人、丘壑心、胸中丘壑等。

鹓班鹭序

朝官与会排行次,好像鹓班鹭序联。
封建从来无断续,步尘滚滚入云烟。

【典源】出自《禽经》：鸿仪鹭序。张华注："鸿雁属大曰鸿，小曰雁，飞行有行列也。鹭，白鹭也，小不逾大，飞有次序，百官缙绅之象。"

【典义】指朝官班行序列；借指朝廷任职。

【典词】赤墀鹓、鹭廷、鹭序、序鹭、鸳班、鹓行等。

终南捷径

官阶大小何时了，未必青云乐在天。
应笑终南寻捷径，无忧自适睡安眠。

【典源】出自刘肃《大唐新语》：唐代卢藏用，始隐于终南山中，中宗朝累居要职。他曾指终南山曰："此中大有佳处，何必在远。"承祯徐答曰："乃仕宦捷径耳。"藏用有惭色。

【典义】指名隐逸实求仕之人；借指谋取官职、名利的途径。

【典词】地异终南、捷径嵩山、仕羞捷径、捷径走南山等。

骑曹不记马

衙门出入多名士，岁月悠哉萧散慵。
如是骑曹羞问马，无心从事躲猫冬。

【典源】出自《世说新语·简傲》：王徽之（字子猷），性情狂放不羁，他作车骑将军桓冲的骑兵参军，桓冲问他，管何

署,曰:似是马曹。又问几马,不知其数等。

【典义】形容名士习气,不理世务。

【典词】参军判马曹、屈骑曹、问马曹、似马曹、羞问马等。

二十二、君王

飞檐向天问，上帝在何方？

秦皇鞭山

鞭山美梦向东倾,填海雄心更激情。
只恨沧波深水阔,回头才见底无坑。

【典源】出自《艺文类聚》引《三齐略记》:秦始皇作石桥,欲渡海观日出。于时有神人,能驱石下海,嫌石去不速,神人辄鞭之,尽流血,石莫不悉赤。
【典义】咏秦始皇事;以咏桥、日出及海景等。
【典词】鞭桥、鞭山、鞭石、鞭石成桥、鞭血、秦帝桥、石驱东海、祖龙鞭等。

闻韶忘味

抚琴一曲山风绕,万竹低腰绿海潮。
如此惊人音悦耳,不知肉味似闻韶。

【典源】出自《论语·述而》:"(孔)子在齐闻韶,三月不知肉味。"韶为虞舜时的韶乐。
【典义】指恭听帝王之乐;形容音乐高妙。
【典词】孔父忘味、孔忘味、适齐忘味、听咸韶、忘肉、闻韶等。

金莲花炬

笔吏生涯几十年,人情草草似流烟。

金莲宝炬未曾见，只叹红尘无此缘。

【典源】出自裴廷裕《东观奏记》：令狐绹为相，夜半，宣宗召他在含春亭问对，尽蜡烛一炬，方许归学士院，乃赐金莲花烛送回。

【典义】形容天子对臣子的特殊礼遇；形容翰林学士生涯。

【典词】传宫烛、画烛金莲、金莲灯、金莲烛、莲炬、下直金莲、玉堂莲炬等。

歌舜薰风

虽有薰风歌舜德，也曾世道式微忧。
缘何不见长明月，满目苍天雾霭浮。

【典源】出自《礼记·乐记》："昔者舜作五弦之琴，以歌《南风》。"《孔子家语·辩乐》："昔者舜弹五弦之琴，造南风之诗，其诗曰：'南风之薰兮，可以解吾民之愠兮；南风之时兮，可以阜吾民之财兮。'唯修此化，故其兴也勃焉，德如泉流至于今。"

【典义】表现君主治国裕民的心愿；咏琴、琴声等。

【典词】南风琴、南风弦、南熏曲、舜琴、舜弦、薰风琴、咏南风、南风歌等。

褒女惑周

一博宠妃开口笑，无端几举火烽台。

岂能社稷当儿戏，应记骊山亡国哀。

【典源】出自《史记·周本纪》。周幽王宠爱褒姒，欲其笑万方，故不笑，为逗褒姒开口笑，无故命令下属举烽火报警，褒姒乃大笑。

【典义】形容女色惑主亡国。

【典词】褒女笑、烽火戏诸侯、举烽、举火取笑、伪烽、周惑褒姒等。

成王剪桐

成王拾叶戏圭宣，以此封虞得晋迁。
世代红尘天子意，剪桐不绝喜相传。

【典源】出自《吕氏春秋·重言》。周成王与其弟叔虞玩，将桐叶削成圭状，授给叔虞曰：以此封你。天子无戏言，封叔虞于晋地。

【典义】形容帝王封拜；咏桐叶。

【典词】帝刻桐叶、剪圭、剪桐、天子分桐叶、桐圭、桐叶戏、削桐叶等。

焚书坑儒

秦时灭学帝心虚，多少仇儒病未除。
自古骚人非项羽，何来乱世怪诗书。

【典源】出自《史记·秦始皇本纪》。李斯曰：臣请史官非秦记皆烧之。秦始皇听取意见后，开始焚书坑儒。天下学士，逃难解散。

【典义】指毁灭文化、残害读书人之暴政。

【典词】焚书、坑焚、秦焚、秦皇灭学、秦灰、秦火、秦坑、儒坑、书焚儒坑等。

凤鸣朝阳

传说太平天有示，明君宛若凤鸣岐。
何时得见朝阳出，恐问苍穹也不知。

【典源】出自《诗经·大雅·卷阿》："凤皇鸣矣，于彼高冈。梧桐生矣，于彼朝阳。"《国语·周语上》：……周之兴也，有凤鸣于岐山。

【典义】形容明君应时而起，太平盛世出现。

【典词】凤集高冈、凤集岐山、鸣凤、鸣凤有岐、鸣凤高冈、鸣岐阳、周凤等。

黄河逢清日

自古黄河千里浊，何时梦到水澄波。
若能一世逢清日，敢叫春风凑凯歌。

【典源】出自《左传·襄公八年》："俟河之清，人寿几

何?"《拾遗记》:"黄河千年一清,至圣之君,以为大瑞。"

【典义】形容圣主、明君在世;形容长寿。

【典词】白水时清、澄河、德水千年变、河清、河清人寿、黄河变清河等。

黄金台

频出招延贤士策,无非礼遇厚尊之。
求才不问人心事,纵筑金台废有时。

【典源】出自《战国策·燕策一》。燕昭王见郭隗问策,筑黄金台,将千金放在台上,招揽天下之士。

【典义】指帝王招纳贤士人才;指士人得到礼遇、任用。

【典词】拜隗、郭隗馆、郭隗台、金台、千金筑台、师郭隗、隗官等。

锦缆龙舟

疑是天朝下地巡,香花饰面彩楼春。
虽无锦缆龙舟胜,也有同工复古新。

【典源】出自《隋书·食货志》。炀帝经运河去江南巡幸,造龙舟凤舸,用锦作帆,丝作缆,选秀千人拉纤,即殿脚女。

【典义】感叹帝王糜费财力,专事逸乐。

【典词】长堤帆影、殿脚三千、泛龙舟、锦帆、锦帆天子、锦凡巡幸、香水锦帆等。

梦得傅说

自古日边容易得,八门何必五花繁。
遗贤在野知多少,几个商岩梦得恩?

【典源】出自《尚书·商书·说命》。殷高宗武丁即位后,想复兴殷,但无良臣,有一天梦见圣人,名叫"说",派人寻找,在傅岩得到说。以傅为姓,称为傅说。命为相,殷大治。
【典义】表示君王寻求贤臣任用。
【典词】拔才岩穴、板岩、傅岩、高宗梦岩穴、梦说等。

烹小鲜

潮头已立卌秋年,百虎千蝇乱上天。
病树还须精妙斫,除贪治国似烹鲜。

【典源】出自《老子》:"治大国若烹小鲜。"
【典义】形容治国理政之道。
【典词】老氏喻小鳞、烹鲜、烹鱼、小鲜烹等。

集囊为帷

教化臣民自有方,集囊为帐挂宫堂。
谁人再见此风物,岂就清廉万里扬?

【典源】出自《汉书·东方朔传》:"愿近述孝文皇帝之时,当世耆老皆闻见之。贵为天子,富有四海,……集上书囊以为殿帷。以道德为丽,以仁义为准。于是天下望风成俗,昭然化之。"

【典义】形容帝王节俭不奢,教化有方;咏帷帐。

【典词】换殿帷、上书囊、书帷等。

周王避债台

时遇民间借贷狂,又逢困局雪加霜。
朝人也有参渔利,更筑高台避债藏。

【典源】出自《汉书·诸侯王表序》。东周末年,周王室衰微。周赧王负债,无以归之,主迫债急,乃逃于此台,后人因以名"逃债台"。

【典义】借指欠债、躲债。

【典词】避债台、逋逃少高台、债台高筑等。

白龙鱼服

宦海沉浮一纸文,官凭冠冕与民分。
谁知富贵何时困,且笑白龙鱼服君。

【典源】出自汉·刘向《说苑·正谏》:吴王欲从民饮酒,伍子胥谏曰:不可。昔白龙下清泠之渊为鱼,渔者豫且射中其目，白龙上诉天帝，天帝曰：鱼固人所杀。白龙不化，豫且不射。听后，王乃止。

【典义】形容帝王隐藏身份或遭遇困厄。

【典词】白龙、挂豫且、龙困鱼服、且网、鱼服困、鱼服诉、豫且网、白龙微服等。

辞根秋蓬

何故昭公失柄空，居无定处感秋蓬。
只因执政辞根断，众叛亲离出此中。

【典源】出自《晏子春秋·内篇杂上》。春秋时，鲁昭公失国柄，弃国走齐，犹秋蓬，风至根拔。

【典义】形容君王丢失政权，身世飘零；也泛指居无定所之人。

【典词】断根蓬、断蓬、飞蓬、风飘蓬飞、离根蓬、蓬飘、蓬转、秋蓬、无根蓬等。

击壤尧年

阅尽机关人已老，何当好雨下沧洲。
催君击壤尧年继，一曲酣歌度晚秋。

【典源】出自王充《论衡·艺增》：帝尧之世，天下大和。百姓击壤而歌，日出而作，日入而息。

【典义】称颂太平盛世。

【典词】帝力、帝尧之力、歌帝尧、击壤、击壤乐、击壤谣圣、颂帝力等。

鲁殿灵光

草木临寒常劫难，凋零总是弱先悲。
朝中若有灵光照，鲁殿岿然独不危。

【典源】出自王延寿《鲁灵光殿赋序》。汉代中期历经战乱，许多宫殿遭毁，只有灵光殿岿然耸立。

【典义】指仅存的人或事物，感慨之意。

【典词】汉灵光、荒城鲁殿、岿然独存、岿然灵光、鲁殿存等。

二十三、境遇

境遇有兴衰，枯荷待自华。

海鸟悲钟鼓

各地招商争恐后,千般花样盛情开。
不知海鸟来何意,钟鼓嘈声转觉哀。

【典源】出自《庄子·至乐》。有海鸟(爰居、鶢鶋)因避风落鲁,鲁侯以为神鸟,什么都让它吃,奏乐让它听,结果三天就死。

【典义】形容违背本情,使无所适从,事与愿违。

【典词】海禽心不怿、惊鶢鶋、鲁禽情、鲁人疑海鸟、祀爰居、飨爰居、寓鲁门、爰居避风等。

琴得焦桐

世间好马不常鸣,伯乐深居也未行。
流水知音有人识,却愁谁辨火桐声。

【典源】出自干宝《搜神记》:蔡邕遁迹江湖,来到吴地,见有人用桐木烧火,他听木头火爆声曰:此良材也。因请之,削以为琴,果有美音,而其尾焦,因名"焦尾琴"。

【典义】比喻良拱不得其用,遭受弃置;形容善于发现人才。

【典词】暗辨桐声、蔡邕琴、带火焦桐、焦琴、焦尾、琴桐等。

漆身吞炭

人间恩怨何时了，吞炭涂身倍觉哀。
勇士心情虽可揖，互相仁爱最高才。

【典源】出自《战国策·赵策一》。豫让是智伯的门客，很受信用。赵襄子灭智伯后，豫让想方设法为智伯报仇，变姓名，为刑徒，漆涂身，吞炭为哑，仍失败，遂伏剑死。
【典义】表现义士舍身复仇，报答知遇之恩。
【典词】击衣、漆身、炭欲吞、吞炭、吞炭坏形、豫让报恩等。

妻嫂笑苏秦

惭当鼓手游秦说，狼狈还家妻嫂欺。
阔论人生花乱坠，不如实地效施为。

【典源】出自《战国策·秦策一》。苏秦游说秦王遭拒，狼狈回家，妻不下机，嫂不为炊，父母不与言，喟叹！
【典义】指不得志而遭人耻笑。
【典词】不下机、惭妻嫂、妻嫂欺、苏家妇、下机人、耻妻嫂等。

萋斐暗成

悲兮萋斐暗成章，只怨人间贝锦藏。

市井谗言如沸水，身心岂可烫无伤。

【典源】出自《诗·小雅·巷伯》："萋兮斐兮，成是贝锦，彼谮人者，亦已大甚。"
【典义】形容故意编造谗言使人获罪。
【典词】贝锦、萋成锦、萋斐成市、萋毁、巧言成锦等。

殃及池鱼

城楼失火池鱼死，燕雀堂巢岂蔽身。
万物生来皆有系，一朝祸及化灰尘。

【典源】出自《艺文类聚》引应劭《风俗通》："城门失火，祸及池中鱼。旧说池中鱼人姓李，居近城。城门失火，延及其家，仲灾烧死。"因汲水救火，池中空竭，鱼死。
【典义】比喻无端遭祸或牵连受害。
【典词】池鱼、火及池鱼、失火城门、殃分池鱼、鱼祸等。

胯下之辱

当时胯下何由志，但有淮阴恶少欺。
好似功名堪忍辱，人间此事岂能为？

【典源】出自《史记·淮阴侯列传》："淮阴屠中有侮信者，曰：'若虽长大，好带刀剑，中情怯耳。'众辱之曰：'信能死，刺我，不能死，出我胯下。'于是信孰视之，俛出胯下，蒲伏。一市人皆笑信，以为怯。"

【典义】形容人穷困受辱或暂时忍受耻辱。

【典词】出胯、恶少欺韩信、淮阴跨下人、跨下、笑韩信等。

张融岸舟

当代阿谁靠岸舟，张融也许住高楼。
今非昔比成追忆，何必有房强说愁。

【典源】出自《南齐书·张融传》：张融假东出，世祖问融住在何处。融答曰：臣陆处无屋，舟居非水。

【典义】指人居无定所或寒士生涯。

【典词】屋为牵船、张融船、张融居、舟作屋等。

白发郎潜

三朝汉帝各心情，随变升迁喜好更。
老少交相无美遇，郎官白发叹人生。

【典源】出自《汉武故事》。江都人颜驷文帝时便为郎官，至武帝时依然没有得到提拔，此时他已是须发皆白了。《文选·张衡·思玄赋》：尉尨眉而郎潜兮。

【典义】指老官吏没得到升迁；比喻到老都没遇上好的

机会。

【典词】白发郎、白首为郎、汉庭用少、久留郎署、郎潜、老为郎吏、老颜驷、庞眉、潜郎等。

谤书盈箧

三年攻得中山国，两箧盈书谤乐羊。
多少朝臣重覆辙，只求无过好收场。

【典源】出自《吕氏春秋·乐成》。魏文侯命乐羊攻打中山国，三年才攻下，得胜归来，居功自傲，主举两箱诽谤信，令将军视之。

【典义】指遭人攻讦、诽谤。

【典词】谤臣诬、谤箧、乐羊两箧、满箧谤书、箧中书、中山得谤、中山箧等。

杯坳浮芥

海阔犹能负大鲸，胸宽可纳百川行。
人生搏浪千帆过，杯芥坳浮何竟成？

【典源】出自《庄子·逍遥游》："且夫水之积也不厚，则其负大舟也无力。覆杯水于坳堂之上，则芥为之舟。置杯焉则胶，水浅而舟大也。"

【典义】形容人命运蹇滞不顺，难以施展。

【典词】坳堂、杯坳、杯芥、杯水泛堂坳、覆水坳堂、芥舟、一芥浮堂坳等。

病卧牛衣

病卧寒酸有仲卿，牛衣沾泪满朝惊。
人生定命谁无死，何必轻言绝世声。

【典源】出自《汉书·王章传》。王章生病，贫困无被，就卧在给牛挡寒的麻衣里，认为自己将死，哭与妻决。
【典义】形容士人贫病困厄。
【典词】京兆牛衣、困卧牛衣、泪沾牛衾、牛衣对泣、牛衣寒贱、牛衣泣等。

伯龙鬼笑

心生富贵岂狂思，不学伯龙虚妄为。
守道居官无鬼笑，安贫在世有天知。

【典源】出自《南史·刘损传》。刘伯龙者，少而贫薄，历任尚书左丞等，还是贫困，想经商发财的法子，在旁的鬼拍掌大笑，伯龙叹之。
【典义】指士人贫困，生计窘迫。
【典词】安贫无鬼笑、伯龙贫、鬼笑人、穷鬼揶揄、笑鬼等。

参元失火

参元大富难为仕，只怕瓜田纳履疑。
还是科班皆信用，无关贵贱荐官时。

【典源】出自《贺进士王参元失火书》。王参元有才学，家大富，柳宗元不敢推荐他。后王家失火殆尽，柳宗元得知后，反而写信祝贺并推荐，无须顾忌。

【典义】形容人因祸得福，获得机遇。

【典词】火失参元、参元失火等。

长门买赋

长门独自泪空流，曷故当初妒色谋。
失意人生无定数，千金买赋几时休？

【典源】司马相如《长门赋序》：汉武帝将陈皇后贬于长门宫，陈花百斤黄金请司马相如写赋，打动武帝，又得宠爱。《汉书·外戚传》亦载。

【典义】形容妇女失宠，愁苦忧闷；指文章美妙，价值很高。

【典词】百斤买赋、闭阿娇、长门闭、长门不惜金、长门泣、长门写怨、买赋、买相如、千金买赋、相如赋等。

床头周易

谓我闲人老爱书,床头周易不来虚。
乘时体爽平章阅,自觉精神一任舒。

【典源】出自《世说新语·赏誉》:王湛字处仲,有才不外露,床头放着《周易》,亲兄弟也以为他痴钝。侄子也不解问之,王曰:身体好时,有时看看。于是为侄子讲解《周易》。
【典义】形容人怀才不露,以读书排遣;形容文士生病。
【典词】病观周易、痴叔、痴王湛、床头无易、床头易在、易在床头、王湛床头等。

箪瓢陋巷

市景嘈嘈几度休?蹉跎岁月自空流。
沧洲盼你归来乐,情愿箪瓢陋巷幽。

【典源】出自《论语·雍也》:"一箪食,一瓢饮,在陋巷。人不堪其忧,回不改其乐。贤哉,回也。"
【典义】形容读书人的贫困生涯;形容虽清苦,但自有其乐。
【典词】箪瓢、箪瓢自乐、箪食瓢饮、乐箪瓢、乐一瓢、陋巷颜渊、曲阜之瓢、贤哉回也、学颜等。

(二十三)境遇

苜蓿盘

弹铗赐鱼滋味香，堆盘苜蓿感悲伤。
朝官莫笑三餐事，食案虽微不可荒。

【典源】出自王定保《唐摭言》：薛令之，闽中长溪人，及第后，居冷官无所事事，生活清淡，菜盘中只有苜蓿。令之写诗自伤：盘中何所有？苜蓿长阑干。

【典义】形容士人生活清寒。

【典词】阑干堆苜蓿、苜蓿堆盘、先生苜蓿盘、朝日照苜蓿等。

跕鸢堕水

满目青山迷雾瘴，愁云不破暗尘生。
孤零远道无津路，堕水跕鸢何足惊？

【典源】出自《北堂书钞》引《东观汉记》。马援在浪泊、西里等尚未消灭时，看到瘴雾毒气熏天，飞鹰被熏得跌落水中，卧念少游平生时语，何可得也！

【典义】表达对处境险恶而内心感慨。

【典词】跕堕忧、跕飞羽、跕鸢、跕鸢堕水、飞鸢堕水、看鸢、忆少游等。

东海孝妇

天公远隔人间事,鹿马何形乱眼昏。
问罪无辜东海旱,谁匡孝妇死伸冤?

【典源】出自《汉书·于定国传》:东海有位孝妇,少寡无子,养姑甚谨。姑欲嫁之,终不肯。后姑自缢而死,孝妇被告,屈打成招,太守将其杀,之后大旱三年。
【典义】指人遭受诬陷,蒙受冤屈;形容天旱。
【典词】东海冤、辟孝妇、杀孝妇、孝妇冤、诛孝妇等。

牍背千金

若遇风波何以静,千金牍背自清明。
孔兄能使鬼推磨,吏笔翻河一句成。

【典源】出自《史记·绛侯周勃世家》:周勃被告入狱,使千金与狱吏,吏在书牍背上示之:以公主为证。公主者,孝文帝女也。周被释放后,感叹狱吏威风。
【典义】指人被系入狱,无法剖白。
【典词】贵于狱吏、绛侯之系、书牍背、狱吏尊、尊狱吏等。

冯谖弹铗

客旅他乡谋出路,风中雨里忆蹉跎。

老来依旧无鱼味,惆怅思冯弹铗歌。

【典源】出自《战国策·齐策四》:冯谖因贫向孟尝君求做门客,三餐无鱼、出门无车、无安家而弹剑铗叹之。

【典义】形容有才能不受赏识或有所要求;表示得到赏识、恩遇。

【典词】长铗、长铗归来、出无车、食无鱼、冯铗、冯谖剑、歌弹铗、歌鱼、归来长铗等。

冯唐已老

人生若寄鬓成霜,一霎风灯过眼凉。
已老冯公归故里,余年还好有诗肠。

【典源】出自《史记·冯唐列传》。冯唐历经文帝、景帝,仍作郎官。到武帝时,求贤良,举冯唐,年纪已九十多岁了,不能复为官。

【典义】感慨岁月蹉跎,人已老去,不被任用。

【典词】白首不见招、悲冯、持节冯唐、冯颠、冯公老、冯唐白首、冯唐易老、皓发郎署等。

覆巢破卵

老虎苍蝇死一人,全家连累感悲呻。
覆巢破卵千年训,何故今朝步后尘。

【典源】出自《世说新语·言语》。孔融名望高，遭曹操猜忌被捕，两小孩了无遽容，融子曰：安有巢覆而卵不破者哉。

【典义】指主人遭祸，全家一起遭难。

【典词】巢卵、巢倾卵覆、覆巢、卵破、破巢完卵、完卵心、无完卵等。

庚癸之呼

耕地横征相继旷，九衢三市景花姿。
天无丽日晴空久，庚癸之呼雨雪时。

【典源】出自《左传·哀公十三年》。申叔仪乞粮于公孙有山氏，公孙让其登首山呼以"庚癸"隐语。

【典义】指向人借贷钱粮；指缺粮告急。

【典词】庚癸呼、庚癸诺、癸庚、呼庚、呼庚癸、呼癸、山上呼庚等。

和氏之璧

奚为道士深山隐，使得高天识璧迟。
恰是卞和悲刖足，心中所痛世人痴。

【典源】出自《韩非子·和氏》：楚人和氏得玉璞楚山中，奉而献之厉王。厉王使玉人相之。玉人曰："石也。"王以和为诳，而刖其左足。武王即位，和又奉其璞而献之武王。武王使

玉人相之，又曰："石也。"王又以和为诳，而刖其右足。文王即位，和乃抱其璞而哭于楚山之下，三日三夜，泪尽而继之以血。王闻之，使人问其故，曰："天下之刖者多矣，子奚哭之悲也？"和曰："吾非悲刖也，悲夫宝玉而题之以石，贞士而名之以诳，此吾所以悲也。"王乃使玉人理其璞而得宝焉。遂命曰："和氏之璧。"

【典义】指美玉或美好事物；形容怀才不遇，忠贞含冤。

【典词】抱璞、抱玉、抱玉卞和、抱玉泪、卞和玉、卞和刖足、卞璞、卞泣、卞疑等。

涸辙之鲋

困境人身何物切，饥寒是以食为天。
犹如涸辙鲋期水，岂引西江迟日延。

【典源】出自《庄子·外物》：周昨来，有中道而呼声。周顾视车辙中，有鲋鱼焉。周问之曰：鲋鱼来，子何为者邪？对曰：我东海之波臣也。君岂有斗升之水而活我哉？周曰：激西江之水而迎子，可乎？鲋鱼忿然曰：曾不如早索我于枯鱼之肆！

【典义】形容人身处困境，急需救援。

【典词】东溟臣、斗升水、鲋车涸辙、鲋涸、涸鳞、涸鱼、活枯鱼等。

槐树衰

槐衰已是无生意，柳老十围何以堪。

旅寄微员年耳顺，情归旧籍拜诗坛。

【典源】出自《世说新语·黜免》："桓玄败后，殷仲文还为大司马咨议。大司马府听前有一老槐，甚扶疏。殷因月朔，与众在听，视槐良久，叹曰：槐树婆娑，无复生意！"
【典义】指人衰颓败落，前景暗淡。
【典词】怜枯树、婆娑数株树、生意未婆娑、庭槐兴叹等。

荒台麋鹿

感慨姑苏麋鹿地，更悲历代故宫空。
千朝霸业谁无阙，落叶先秋是木桐。

【典源】出自《史记·淮南衡山列传》：淮南王刘安坐东宫，召伍被与谋，曰：将军上。被怅然曰：上宽赦大王，王复安得此亡国之语乎！臣闻子胥谏吴王，吴王不用，乃曰：臣今见麋鹿游姑苏之台也。今臣亦见宫中生荆棘，露沾衣也。
【典义】表现亡国的破败景象；感慨朝代兴废。
【典词】姑苏麋鹿、荒芜鹿戏、露草沾衣、鹿登台榭、鹿走姑苏、麋鹿台等。

积毁销骨

曾闻积毁能销骨，有道群谗更铄金。
自古人言犹可畏，谨防暗箭刺伤心。

【典源】出自《史记·张仪列传》："臣闻之，积羽沉舟，群轻折轴，众口铄金，积毁销骨。故愿大王审计议，且赐骸骨辟魏。"

【典义】形容舆论的作用极大，指谣言坏话久而久之可以置人于死地。

【典词】谗谤销骨、谗销骨、骨销、积谗磨骨、积毁、积羽、铄金消骨等。

家徒四壁

家徒四壁穷寒士，赢得千秋赋圣名。
未有文君私夜合，谁知潦倒一书生？

【典源】出自《史记·司马相如列传》："文君夜亡奔相如（字长卿），相如乃与驰归成都，家居徒四壁立。"

【典义】指寒士生涯；形容十分贫困，一无所有。

【典词】壁立、壁立还成都、长卿四壁、成都之壁、立壁、四壁贫、四壁相如等。

刻舟求剑

境迁事后无常态，变幻风云更费猜。
若是刻舟求坠剑，千秋属汝最痴呆。

【典源】出自《吕氏春秋·察今》。有楚国人渡江，剑落江中，在船边刻记号，曰：等船到岸后好找它。

【典义】形容拘泥成法；也形容时过境迁，无法追回。

【典词】记剑痕、剑迷船畔、刻剑痕、刻舟、求剑刻舟等。

买臣负薪

草木枯荣自有天，买臣未发负薪肩。
何愁得失难安己，贫苦人生亦适然。

【典源】出自《汉书·朱买臣传》：朱买臣字翁子，家贫，好读书，边担柴边诵书，不治家业，妻怒离去，买臣笑曰：我年五十当富贵。其后买臣独行歌道中，负薪墓间。

【典义】形容读书人生活贫苦。

【典词】负薪、困采樵、买臣柴、买臣负薪、翁子薪、五十负薪等。

矛头淅米

险语危言各说奇，盲人骑马夜临池。
风尘迷路寻常事，更有矛头淘米时。

【典源】出自《世说新语·排调》。晋代桓玄、殷仲堪等人一起戏言：什么矛头淘米、剑头做饭、百岁老翁攀枯枝、水井辘轳躺婴儿、盲人骑瞎马夜半临深池。

【典义】形容处境极端危险。

【典词】谈瞎马、炊黍刀头、道险卧槬栌、临池盲人等。

眉间黄色

每逢盛会花帮衬,满目新妆喜聚来。
最是高台光彩照,天庭黄色两眉开。

【典源】出自《太平御览》引《相书占气杂要》:黄色代表喜气,黄气如带当额横,卿之相也。……黄色最佳。

【典义】形容人有喜事或吉庆之事。

【典词】黄气发眉间、黄气上眉、黄色两眉开、黄色起天庭等。

门可罗雀

昨天若市客争过,今日开门雀可罗。
气象炎凉交变转,人生起落又如何?

【典源】出自《史记·汲郑列传》:始翟公为廷尉,宾客阗门。及废,门外可设雀罗。

【典义】形容门前冷落,无人造访;形容人情势利,世态炎凉。

【典词】高门喧燕雀、交态薄、罗雀、罗伤翟廷尉、门堪罗雀等。

铜狄摩挲

一晃流年花甲老,登山远目尽沧桑。

摩挲铜狄追畴昔，纵是仙人也感伤。

【典源】出自《后汉书·蓟子训传》。百岁老翁说童年见过蓟子训在卖药，容貌与现在一样，后又有人见到他，正和老翁抚秦始皇铸的铜人，时计五百年。
【典义】感慨时光消逝，世事变迁。
【典词】灞城翁、逢蓟子、抚铜狄、蓟叟、金狄摩挲等。

囊空羞涩

绮陌商楼顶上天，囊空羞涩叹无缘。
奈何老客愁情在，苦了青衫僻野迁。

【典源】出自杜甫《空囊》诗："翠柏苦犹食，晨霞高可餐。世人共卤莽，吾道属艰难。不爨井晨冻，无衣床夜寒。囊空恐羞涩，留得一钱看。"
【典义】形容生活贫困，身无分文。
【典词】看囊、客囊羞涩、空囊涩、囊空羞涩等。

尼父叹逝川

回眸莆邑廿余年，世事涛涛逐逝川。
岁月无情尼父叹，凡人更是感悲天。

【典源】出自《论语·子罕》："子在川上曰：逝者如斯夫，

不舍昼夜。"宋代·方回《西斋秋感二十首》："尼父叹逝川，匪惜岁月流。斯道未尝绝，是身当自修……"

【典义】感叹光阴流逝，事物变迁。

【典词】长川日夜逝、川上叹、川逝、等逝川、孔尼叹、孔临川等。

齐门挟瑟

君王性趣选花栽，已是天经千百回。
只笑门生徒挟瑟，不知齐国好竽才。

【典源】出自韩愈《答陈商书》："齐王好竽，有求仕于齐者，操瑟而往，立王门三年不得入。"

【典义】形容虽有才能却不得赏识。

【典词】操瑟入齐、好瑟吹竽、齐人好竽、齐瑟、瑟向齐门等。

塞翁失马

有死无生从未见，轮回本是世间衡。
何须问道当前失，应效塞翁亡马情。

【典源】出自《淮南子·人间训》：塞上老翁马无故入胡，人皆吊之，其曰，此何遽不为福乎？居数月，其马将胡骏马而归，人皆贺之。

【典义】形容祸福相倚，有得有失，彼此转化，事情难以预料。

【典词】得马、失马、塞马、偶亡塞马、塞上翁、塞翁、塞翁祸福等。

神州陆沉

览史才知北域疆，原来都是向东方。
神州故土悲沉陆，无限青山未忘乡。

【典源】出自《世说新语·轻诋》：桓公入洛，眺瞩中原，慨然曰：遂使神州陆沉，百年丘墟，王夷甫诸人不得不任其责！

【典义】形容国土沦丧，内心忧愤。

【典词】百年陆沉、沉陆、陆便沉、陆沉深恨、神州百年、夷甫诸人等。

竖子成名

风尘总是迷花眼，广武登临谓阮迟。
莫叹英雄无用地，轮回循道有天期。

【典源】出自孙盛《魏氏春秋》：阮籍尝登广武，观楚、汉战处，乃叹曰：时无英才，使竖子成名乎？

【典义】感叹生不逢时，怀才不遇；指小人得志。

【典词】步兵骂竖子、成名竖子、广武登临、广武千年恨、呼竖子等。

死灰复燃

朝廷惩虎严风冽,已是悬崖无路回。
见势如能攀越过,腐余死火不然灰。

【典源】出自《史记·韩长孺列传》:韩安国字长孺,坐法抵罪,狱吏田甲辱安国,安国曰:死灰独不复燃乎?

【典义】比喻已经消亡的坏事又出现;形容人失势后又得意复位。

【典词】不然灰、长孺然灰、复燃灰、韩安死灰、韩灰、灰然等。

铜驼荆棘

请问红尘几度春,茫茫烟雨失迷津。
江河已是沧波起,恐复铜驼棘没身。

【典源】出自《晋书·索靖传》:靖有先识远量,知天下将乱,指洛阳铜驼叹曰:会见汝在荆棘中耳?

【典义】指凄凉破败的景象;表现对时世有不祥预感。

【典词】故国铜驼、棘没铜驼、洛下铜驼、泣铜驼、叹铜驼等。

王尊叱驭

宦海茫茫有暗礁,风云处处险岩峣。

前途九折逢危路,谁效王尊叱驭轺?

【典源】出自《汉书·王尊传》:王尊至九折阪,问吏曰,此非王阳所畏道邪?吏对曰,是。尊叱其驭曰,驱之!

【典义】形容不避艰险;以"九折阪"形容道路曲折,多险阻。

【典词】悲九折、长坂九回、车回峻阪、叱驭、九折、九折坂(阪)、轮摧九折等。

望门投止

风尘羁旅飘零久,投止异乡孤寄身。
更叹无家张俭客,人间此事感艰辛。

【典源】出自《后汉书·张俭传》:(张)俭遭陷害,困迫遁走,望门投止,莫不重其名行,破家相容。

【典义】指亡命逃难;指飘泊无依。

【典词】飘零张俭、破家张俭、逃张俭、无家张俭等。

乌白马角

各种桃梅各自开,农家贵族不同台。
红尘道上贫堪仕,马角无期乌白催。

【典源】出自《燕丹子》曰:太子丹质于秦,欲求归,谬

言曰：令乌白头，马生角，乃可许耳。

【典义】比喻不能实现的事；借指人身处困境，无法可施。

【典词】毕逋（乌鸦别名）头白、变彩救燕质、待乌、角马、马角望燕丹、马角乌头等。

扬雄投阁

秦时政事汉时文，皆畏书生乱赋云。
自古无辜多少事，扬雄投阁一悲闻。

【典源】出自《汉书·扬雄传》曰：雄校书天禄阁上，治狱使者来，欲收雄，雄恐不能自免，乃从阁上自投下。

【典义】感叹学者无辜受难，命运多舛。

【典词】雕虫投阁、投阁嗤扬子、投汉阁、投天禄、扬雄阁等。

杨朱泣歧

风尘乱眼常迷道，更有杨朱泣路歧。
出仕前途虽叹息，依然万马客程驰。

【典源】出自《列子·说符》：杨子之邻人亡羊，既率其党，又请杨子之竖追之。但亡之矣，奚亡之？歧路之中又有歧焉，所以反焉。杨听此，戚然变容。《淮南子·说林训》：杨子见逵路而哭之，为其可以南，可以北。

【典义】感慨人生之路多曲折、歧途。

【典词】悲路歧、多歧、多歧羊、嗟岐路、临岐、路歧、泣岐等。

李广数奇

直上青云天上意，并非李广数奇悲。
翻开剧本观文样，自古登庸背说辞。

【典源】出自《史记·李将军列传》。汉代名将李广，在文帝时即与从弟李蔡俱为将，李蔡封侯，而李广的名声远超他，却没有封侯。后来又出击匈奴，卫青认为李广已老，数奇，不让他与匈奴交战，恐不顺利。

【典义】感叹命运不佳，有功得不到封赏。

【典词】百战不侯、侯印不闻、苦战不侯、李广难封等。

二十四、隐逸

问君何能尔,心远地自偏。

鹿门采药

鸿鹄林梢觅上枝,鼋鼍海底自幽期。
只求一世安栖处,采药鹿门云适宜。

【典源】出自皇甫谧《高士传》。庞德公居住在岘山,刘表去拜访延请,对他说:人保全自己,不能保全天下。德公说:鸿鹄在高树上作窝,鼋鼍在深渊下作穴,各安栖之处。照常在鹿门山采药度日。

【典义】形容人不慕荣华,甘心隐居山野。

【典词】采药庞公、高士不入城、归卧鹿门、鹿门采药、鹿门庞、庞公等。

良田二顷

红尘势利眼偏颇,奉贵轻贫任你挪。
若有良田耕二顷,谁来受气转陀螺。

【典源】出自《史记·苏秦列传》。苏秦(字季子)叹曰:富贵则亲戚畏之,贫贱则轻之,如有负郭田二顷,就不佩相印。

【典义】表示家中的产业;或借指居乡隐居。

【典词】二顷、二顷负郭、二顷田、负郭、负郭相君、季子二顷、季子田、田二顷等。

持螯把酒

今秋又是菊花开，携友登高把酒杯。
要问持螯何以乐，江湖难测老生回。

【典源】出自《艺文类聚》引《晋中兴书》。毕卓嗜酒，右手拿酒杯，左手拿蟹螯，在酒池中拍浮，一生满足。

【典义】形容纵酒放情，沉湎不问世事。

【典词】把蟹、毕池、毕君拍浮、持螯、持螯手、浮拍池中、举蟹持醪、拍浮等。

莼羹鲈脍

谁无倦意走天涯，一觉身闲趁早辞。
岂为莼羹鲈脍味，人生贵在适情宜。

【典源】出自《世说新语·识鉴》。晋张翰字季鹰，吴郡人，人称江东步兵，在洛见秋风起，想家乡菰菜羹、鲈鱼脍。

【典义】形容怀念故乡的心情；形容不为名利羁绊，思乡归隐。

【典词】步兵鲈、莼菜鲈鱼、莼羹、莼羹张翰、莼丝未老、莼乡、菰菜鲈鱼、故国羹、季鹰归、季鹰高致等。

二疏辞汉

叔侄皆为太子师，功成反向汉庭辞。

人间莫过荣华恋，树败叶残知足迟。

【典源】出自《汉书·疏广传》。叔侄疏广、疏受二人皆任过太子老师，朝廷上下以为美谈。然后功成退隐。

【典义】称誉人急流勇退，及时退隐。

【典词】二疏、二疏辞汉、二贤、父子东归、广受还乡、疏还、疏受辞荣、早退不如疏等。

范蠡扁舟

朝官百态烟波荡，独见扁舟少伯离。
识务高情真隐仕，归湖远日适从宜。

【典源】出自《国语·越语下》。范蠡（字少伯）辅佐越王勾践灭吴后，乘扁舟去五湖，改名换姓，在齐地叫鸱夷子皮，在陶地称朱公。四处经商致富。

【典义】形容及时隐退，不恋官位；心境闲适，泛舟江湖。

【典词】鸱夷去国、鸱夷一舸、范蠡船、范蠡登舟、范蠡归湖、范舟、范蠡五湖、少伯舟、五湖心等。

挂冠归里

蜘蛛织网无声息，客看寒虫有感生。
何不挂冠归故里，扁舟一叶任君行。

【典源】出自《太平御览》引《金楼子》：龚舍为朝官，看蜘蛛网虫死，感慨仕宦生涯亦如此，于是挂帽辞去。又引《东观汉记》：逢萌不满王莽专权，解下官帽挂东门而去。

【典义】形容辞官退隐。

【典词】逢萌挂冠、挂朝衣、挂冠、挂冠裂冕、挂冠神武、冠已挂、冠宜挂、华阳挂冠等。

海上逢鸥

老是心思在海边，逢鸥入梦已多年。
机关流景伤春逝，何不扁舟抱月眠。

【典源】出自《列子·黄帝》。有人爱海鸥，常去嬉戏，其父曰，何不捉来玩玩。第二天，海鸥盘旋就不下来。

【典义】表现以诚待人，彼此相亲；形容脱身尘俗，隐遁避世。

【典词】白鸥猜、白鸥盟、不惊鸥、海鸟忘机、海鸥疑、海上鸥、海翁鸥、惊鸥等。

君平卖卜

君平卖卜谓何求，只为一瓢知足收。
看破红尘纷扰事，清怀淡泊乐悠悠。

【典源】出自《太平御览》引《高士传》：汉代严遵字君

平，在成都市上卖卜，得百钱足以自给就止，以著书为事。

【典义】形容隐士淡泊为生，自足自食；指占卜算卦。

【典词】百钱卜肆、卜肆成都、成都先生卦、君平卜、严君卦等。

买山隐

宦海孤舟人易老，风严日烈六旬秋。
机关久已沧桑变，早去买山归隐休。

【典源】出自《世说新语·排调》。晋代支遁字道林，托人向深公买下印山作隐居。

【典义】形容归隐山林。

【典词】巢由不买山、道林钱、买青山、买山、买山归老、买山诺、买一峰等。

梅妻鹤子

和靖先生骨已枯，梅花依旧一斜姝。
风流隐逸仙归后，鹤子情难认父躯。

【典源】出自沈括《梦溪笔谈·人事二》。林逋字君复，始终未娶妻无子，在孤山隐居，多植梅树，畜养两鹤。因谓梅妻鹤子。

【典义】形容山林隐逸生活；咏梅、鹤等。

【典词】爱梅仙、逋鹤、逋梅、逋山、处士西湖、孤山人等。

南山雾豹

冬寒北域沙尘暴，一染青丝共白头。
应效南山韬雾豹，深居远避把文修。

【典源】出自刘向《列女传》：陶答子任官三年，家富三倍，妻劝谏不听，妻曰：南山有玄豹，雾雨七日不下食者，其爱皮毛，藏身远害。过一年，答子之家果以盗诛。
【典义】形容隐居修身，远害避灾；或指隐处待时而动。
【典词】豹雾、豹隐、豹隐雾、廉豹、南山豹、文豹雾中等。

山中宰相

当下朝人冠已挂，时髦再任杂牌军。
浑如宰相山中住，好辨风尘雾里云。

【典源】出自《南史·陶弘景传》：陶弘景辞禄隐居山中，自号华阳陶隐居，凡国有事，无不前以咨询，时人谓之山中宰相。
【典义】指退隐但仍参与政事的人。
【典词】华阳处士、华阳计、山中陶弘景、山中相、陶山相等。

菟裘归计

日暮桑榆近晚年，菟裘归计老犹然。
谁无叶落寻根觅，旧地情缘梦里牵。

【典源】出自《左传·隐公十一年》：羽父请杀桓公，以求大宰。公曰，吾将授之矣，使营菟裘（地名），吾将老焉。
【典义】指谋地告老还乡。
【典词】老计菟裘、谋菟裘、菟裘计、菟裘堪老等。

心悬魏阙

传闻复拜高天职，似有中山望阙心。
何必情存权力欲，朝声未见好行吟。

【典源】出自《庄子·让王》：中山公子牟谓瞻子曰：身在江海之上，心居乎魏阙之下，奈何？
【典义】形容隐居江湖，心中仍思恋朝廷。
【典词】北阙心诚恋、驰心魏阙、眷阙、恋阙、情存魏阙等。

巢父安巢

深山巢父自清幽，避世牵牛饮上流。
亦慕凡尘堪脱俗，倚栏举望月牙勾。

【典源】出自皇甫谧《逸士传》：巢父，尧时隐人，常山居，不营世利，年老，以树为巢，而寝其上，故时人号曰"巢父"。

【典义】指埋名隐居生活。

【典词】巢箕、巢居之民、巢居子、巢上客、巢许等。

从赤松游

归山隐退多人事，又有从游逐赤松。
也许朝中难见日，寒心冻骨怕严冬。

【典源】出自《史记·留侯世家》。张良辅佐刘邦建立汉朝，因有大功，封为留侯。张良说：今以三寸舌为帝者师，封万户，位列侯，此布衣之极，于良足矣。愿弃人间事，欲从赤松子游耳。

【典义】表现不恋厚禄，辞官归山。

【典词】伴赤松、赤松期、辞世却粒、归伴赤松游、笑随赤松等。

东皋耕犁

历来折桂多荣耀，却进朝中反见愁。
孰解东皋把犁乐，天公恐怕未知求。

【典源】出自《中说》：王绩，弃官不仕，耕于东皋，自号

"东皋子"。王绩《野望》："东皋薄暮望，徙倚欲何依。树树皆秋色，山山唯落晖。"

【典义】形容弃官不仕，隐居生活。

【典词】东皋耕、东皋归耕、东皋耒、东皋田等。

北山猿鹤

昔有北山非隐仕，云开日出入朝宫。
晓猿夜鹤皆幽怨，故地千年蕙帐空。

【典源】出自孔稚珪《北山移文》："使我高霞孤映，明月独举，青松落阴，白云谁侣？涧户摧绝无与归，石径荒凉徒延伫。至于还飙入幕，写雾出楹，蕙帐空兮夜鹤怨，山人去兮晓猿惊。昔闻遗簪投海岸，今见解兰缚尘缨。"

【典义】可反用指有志归隐，思念家乡故地；或形容对官场生涯厌倦。

【典词】北林猿鹤、北山文、北山移、故山夜鹤、鹤怨猿惊、蕙帐鹤惊、蕙帐空、愧山灵等。

陶令三径

故园也效开三径，种些松筠适趣其。
不管风吹凌雪下，西窗夜读自安怡。

【典源】出自陶潜《归去来兮辞》：僮仆欢迎，稚子候门。

三径就荒,松菊犹存。

【典义】形容仕宦向往田园佳趣;指归隐家园。

【典词】柴桑三径、穿松作径、径菊、菊荒三径、三径就荒、松菊径等。

二十五、军事

烽烟不散尽,军事岂常无?

昆明劫灰

时迁事变经风雨，万木凋伤总是秋。
若到年华衰病老，形容可拟劫灰留。

【典源】出自《三辅黄图·池沼》。汉武帝凿昆明池，挖出尽是黑灰，这是劫火烧后的余烬。
【典义】借指兵火战乱后的遗迹；或形容灾祸变乱、世事变迁。
【典词】辨沉灰、池灰、汉凿昆明、灰劫、劫尘、劫后灰、劫火成灰等。

百二秦关

百二雄关千秋业，人心才是固江山。
谁来评说兵家事，不见秦城在世间。

【典源】出自《史记·高祖本纪》：秦，形胜之国，带河山之险，持戟百万，秦得百二焉。言倍之也。
【典义】形容山势险要，兵力强大。
【典词】百二、百二山河、百二雄、关河百二、秦塞重关等。

苍鹅出地

边关万马雄师在，故地苍鹅莫起惊。

今日洛阳非昔比，铜墙铁壁已纵横。

【典源】出自王隐《晋书》：永嘉中，洛城东北角步广里中地陷，中有二鹅，苍者飞去，白者不能飞。养闻叹曰：昔周时所盟会狄泉，此地也，卒有二鹅，苍者胡象，后明当入洛，白者不能飞，此国讳也。

【典义】比喻国家有难，外敌入侵。

【典词】苍鹅起、苍鸟、出地苍鹅、洛阳鹅、鸟伏翟泉等。

长平失势

何见长平兵败晚，用人不当帝心虚。
岂能怪罪秦军鬼，最忌疑神马作驴。

【典源】出自《史记·赵世家》："七月，廉颇免而赵括代将。秦人围赵括，赵括以军降，卒四十餘万皆阬之。王悔不听赵豹之计，故有长平之祸焉。"陈子昂《登泽州城北楼宴》诗："武安君何在，长平事已空。"

【典义】形容战败失利。

【典词】长平事、抗赵、降卒秦坑、战长平等。

赤白囊

西边关塞常兵事，赤白囊书几次闻。
只是铜墙已牢靠，岿然不动数千军。

【典源】出自《汉书·丙吉传》。汉代边塞如有外敌入侵，须向朝廷发报警的奔命书。奔命书用赤白的囊袋装盛，被称为"赤白囊"。

【典义】形容边塞有战事紧急情况。

【典词】奔命囊书、赤囊、赤囊传警等。

摧敌先鸣

挥戈求胜常心切，摧敌先鸣应入情。
最是边尘真有数，连烽岂怕虎狼声。

【典源】出自《左传·襄公二十一年》：春秋时晋国勇士州绰出奔至齐国。齐庄公朝，指殖绰、郭最曰：是寡人之雄（鸡）也。州绰曰：然臣不敏，平阴之役，先二鸣。州绰获二人，故自比于鸡，斗胜而先鸣。

【典义】形容战胜或占先。

【典词】鸣先、无役不先鸣、先鸣、先鸣力、先鸣意等。

积甲齐熊耳

千军万马长江渡，敌甲齐熊山顶高。
三箭飞来成定局，蒋家败走鬼狼嚎。

【典源】出自《东观汉记》：刘盆子将丞相以下降，奉高皇帝玺绶，诏以属城门校尉，贼皆输铠甲兵弩矢缯，积城西门，适与熊耳山等。

【典义】形容战胜敌军，缴获很多。

【典词】积甲、甲齐熊耳、万甲积山齐、委甲如山积等。

龙蛇起陆

风寒肃杀龙蛇起，自会干戈血入河。
世上烽烟吹不散，黎民最苦奈如何？

【典源】出自《阴符经》：天发杀机，龙蛇起陆；人发杀机，天地反覆。

【典义】形容发生战乱；形容秋冬肃杀之气象。

【典词】龙蛇机、起龙蛇、起陆、蛇起陆等。

马陵书树

曾经孙膑书题树，更忆孔明摇扇风。
凡是兵家高妙策，江山万里揽怀中。

【典源】出自《史记·孙子吴起列传》："孙子度其行，暮当至马陵。马陵道陕（狭），而旁多阻隘，可伏兵，乃斫大树白而书之曰：'庞涓死于此树之下。'庞涓果夜至斫木下，见白书，乃钻火烛之。读其书未毕，齐军万弩俱发，魏军大乱相失。庞涓自知智穷兵败，乃自刭。"

【典义】形容神机妙算、克敌制胜。

【典词】收庞、削树、斫树收庞、庞涓怯孙膑等。

马援铜柱

自古边关多战火,燕然山上忆铭功。
还曾马柱英雄表,卫国情怀最企崇。

【典源】出自《后汉书·马援列传》注引《广州记》:"马援到交阯,立铜柱,为汉之极界也。"
【典义】表达将领征战边地建功。
【典词】伏波铜柱、汉将柱、汉柱、马柱、铜留铸柱等。

投笔从戎

杨君宁作百夫长,还有班超投笔从。
古往今来多少事,沙场猎野更情钟。

【典源】出自《东观汉记·班超》:班超投笔叹曰:"大丈夫无它志略,犹当效傅介子、张骞立功异域,以取封侯,安能久事笔研间乎?"
【典义】表示弃文从武,建功立业。
【典词】班笔、班超弃笔砚、班超投笔、从戎笔、定远笔等。

投鞭断流

情生会猎呈英概,一鼓行军作气攻。

若是投鞭堪断水,中原岂不换朝宫。

【典源】出自《晋书·苻坚载记下》。前秦苻坚召集群臣商议攻打东晋,石越不同意。苻坚曰:吾闻武王伐纣,逆岁犯星。天道幽远,未可知也。以吾之众旅,投鞭于江,足断其流。

【典义】形容兵马众多,优势明显。

【典词】苻坚投鞭、天堑投鞭、深堑投鞭、秦鞭断江、投鞭绝流等。

王会图

元朝图绘今安在?大汗君王未可知。
卫国保家非武就,民心更是树丰碑。

【典源】出自《逸周书》中的《王会篇》,记载了公元前十一世纪周成王大会四方诸侯方国的盛况。其实,历代王朝都有绘制《王会图》。

【典义】表达疆域辽阔,国家强盛。

【典词】图史空王会、万国趋王会、王会篇、王会图文物等。

亚夫细柳营

历代将军崇有敬,苍生只盼令严明。
周全卫国千秋业,应效当时细柳营。

【典源】出自《史记·绛侯周勃世家》。汉文帝时，周亚夫为将军，屯军细柳。帝自劳军，至细柳营，因无军令而不得入。于是使使者持节诏将军，亚夫传令开壁门。既入，帝按辔徐行。至营，亚夫以军礼见，成礼而去。帝曰：此真将军矣！曩者霸上，棘门军，若儿戏耳！

【典义】称军营纪律严明，治军有方。

【典词】灞上儿戏、汉将营、棘门军、柳营、亚夫细柳、细柳营等。

越王轼蛙

鼓腹青蛙堪敬畏，当兵岂失怒狮声。
刀枪不管慈悲面，血性关乎战力征。

【典源】出自《韩非子·内储说上》：越王准备兴兵伐吴，见到青蛙张腹而怒，越王俯凭车轼为敬，并解释说，今蛙虫无知之物，见敌而有怒气，所以我要向它致敬。于是军士闻之，莫不怀心乐死，人致其命。

【典义】指激励将士，士气高昂。

【典词】怒蛙、亲式鸣蛙、蛙腹能许怒、勇劣怒蛙等。

二十六、其他

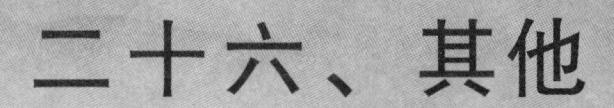

朽木菌生意，寒葭倚玉姿。

食蔗从梢

从小艰辛老大恬，犹如食蔗到头甜。
人生远道无开步，幸福自然难自添。

【典源】出自《世说新语·排调》："顾长康啖甘蔗，先食尾。问所以，云：渐至佳境。"《晋书·顾恺之传》亦载。
【典义】形容境况渐好或兴味渐浓。
【典词】啖蔗、啖蔗佳境、到尾蔗、倒餐甘蔗、食蔗等。

狗尾续貂

诗风典雅千年韵，字若珠玑落玉盘。
虽有操持微不足，岂堪狗尾续貂阑。

【典源】出自《晋书·赵王伦传》：每朝会，貂蝉盈坐，时人为之谚曰："貂不足，狗尾续。"
【典义】形容以劣物接续于美物之后，美恶不相称；表示自谦。
【典词】貂不足、貂可续、狗续貂尾、华貂难续、续貂、续尾等。

唇亡齿寒

事有相关果有因，人亲左右及亲身。

齿寒肯定唇亡后,怎忍虞公许灭邻。

【典源】出自《左传·僖公五年》:晋侯复假道于虞以伐虢,宫之奇谏曰:辅车相依,唇亡齿寒。
【典义】形容彼此利害相关,互相紧密依存。
【典词】齿寒、唇齿、唇齿邦、唇亡、唇亡齿枯、辅车、暮虢朝虞等。

凫短鹤长

松苗地种参差出,造化千姿百态殊。
恰似鹤凫难等胫,天生长短适身躯。

【典源】出自《庄子·骈拇》:"凫胫虽短,续之则忧,鹤胫虽长,断之则悲。"
【典义】形容事物各有所适,造化自然,无须硬加改变。
【典词】凫短、凫鹤、凫胫难加、鹤有余、鹤足长、截鹤、续凫断鹤等。

恒河沙数

得失枯荣天有定,如来说法佛经明。
生生世世轮回转,万万恒沙数不清。

【典源】出自《金刚经·无为福胜分》:"诸恒河尚多无数,

何况其沙。"

【典义】形容数量多到无法计算。

【典词】等恒河沙、河沙、恒河沙、恒河沙数、恒沙、万万恒沙等。

刻画无盐

吟诗比拟见真情,岂可不伦胡乱生。
何必无盐来刻画,本来雪月就清明。

【典源】出自《晋书·周𫖮传》:何乃刻画无盐,唐突西施也。

【典义】形容两者相差悬殊,比拟不伦不类。

【典词】重教刻画、巧画无盐、唐突西施等。

满床堆笏

近代变迁村落荒,难能几十一门房。
只因限育生年后,不见从前笏满床。

【典源】出自《旧唐书·崔义玄传》。崔神庆之子皆为高官,每次家宴时都以一榻置笏。

【典义】形容门第显赫,家族昌盛。

【典词】堆笏满床、笏满床、满床靴笏、象笏堆床等。

凿开浑沌

时人最喜催开发,不顾青山绿水间。
看似繁荣何等美,谁知浑沌去难还。

【典源】出自《庄子·应帝王》:"南海之帝为儵,北海之帝为忽,中央之帝为浑沌……儵与忽谋报浑沌之德……日凿一窍,七日而浑沌死。"
【典义】指改变、破坏自然本来面貌。
【典词】浑沌死、混帝凿、竞凿中央帝、谋混沌、七窍凿开等。

熊鱼岂得兼

取义舍生须择一,熊鱼自古两难兼。
人情世故非全理,唯有宽心唯是瞻。

【典源】出自《孟子·告子上》:"鱼,我所欲也;熊掌,亦我所欲也,二者不可得兼。"
【典义】形容两种事物不可兼得。
【典词】难兼熊掌鱼、取舍一熊掌、取熊掌、熊鱼无双得等。

风马牛

火锅校服天渊别,涨价居然连及生。

不究山歌回谷响,风牛找马诱相情。

【典源】出自《左传·僖公四年》:"君处北海,寡人处南海,唯是风马牛不相及也。不虞君之涉吾地也?何故?"
【典义】比喻两者不相干;形容相处遥远。
【典词】风马牛不相及、风马殊隔、君处北海、马牛风、事同风马等。

造化小儿

冷热时常无定数,穿衣戴帽乱方今。
由天造物小儿故,岂可先知上帝心。

【典源】出自《新唐书·杜审言传》:审言病甚,宋之问、武平一等省候何如,答曰:甚为造化小儿相苦,尚何言?
【典义】戏指天地万物的主宰。
【典词】化儿、小儿造物、意轻造物、造物儿嬉等。

蒹葭倚玉树

今朝幸得知音友,更盼扶蒹倚玉姿。
只念关怀此书出,许吾攀上一高枝。

【典源】出自刘义庆《世说新语·容止》:"魏明帝使后弟毛曾与夏侯玄并坐,时人谓蒹葭倚玉树。"

【典义】形容二者相比相差甚远；以"倚玉"自谦与他人相处。

【典词】寒葭思倚玉、蒹葭傍芳树、蒹葭琼树、琼树倚、夏侯玉树、坐中玉树等。